流年华章

陈思和
宋炳辉

主编

四川人民出版社

图书在版编目（CIP）数据

流年华章/陈思和，宋炳辉主编 . —成都：四川
人民出版社，2024.1
ISBN 978-7-220-13434-0

Ⅰ.①流…　Ⅱ.①陈…②宋…　Ⅲ.①中国文学-现
代文学-作品综合集②中国文学-当代文学-作品综合集
Ⅳ.①I216.1

中国国家版本馆 CIP 数据核字（2023）第 154305 号

LIUNIAN HUAZHANG

流年华章

陈思和　　宋炳辉　主编

出 版 人	黄立新
选题策划	李淑云
责任编辑	李淑云
封面设计	叶　茂
内文设计	李其飞
责任校对	舒晓利
责任印制	周　奇

出版发行	四川人民出版社（成都三色路 238 号）
网　　址	http://www.scpph.com
E-mail	scrmcbs@sina.com
新浪微博	@四川人民出版社
微信公众号	四川人民出版社
发行部业务电话	（028）86361653　86361656
防盗版举报电话	（028）86361653
照　　排	四川胜翔数码印务设计有限公司
印　　刷	成都兴怡包装装潢有限公司
成品尺寸	155mm×230mm
印　　张	14.25
字　　数	165 千
版　　次	2024 年 1 月第 1 版
印　　次	2024 年 1 月第 1 次印刷
书　　号	ISBN 978-7-220-13434-0
定　　价	69.00 元

编选说明

一、本书编选宗旨：站在新世纪回眸百年中国文学，以其艺术精品展示后人，为未来中国保留一份 20 世纪中国文学的"古文观止"。

二、本书编选性质：既为广大中文专业的本科和专科学生提供一部篇幅不大、内容精要、适合阅读学习的 20 世纪中国文学作品选，也为一般文学爱好者提供一部艺术性强，并且凝聚了现代中国知识分子美好精神境界的美文选，值得读者欣赏和珍藏。

三、本书编选范围：20 世纪文学中的优秀作品，以现代汉语创作为主，包括小说、诗歌、散文、戏剧。长篇小说和篇幅过长的中篇小说选取其最能体现作家艺术成就的精彩片段；但一般的中篇小说、短篇小说均收录全篇。篇幅过长的诗歌和多幕戏剧也采取选其精彩片段的方法。散文包括抒情性散文、议论性散文、杂文和其他相关文体，但不包括篇幅较大的报告文学和理论批评文章。一般不选入旧体诗词。

四、本书编选体例：其顺序为〔1〕篇名；〔2〕作家简介；〔3〕作品正文；〔4〕作家的话；〔5〕评论家的话。其中〔4〕选取作家本人有关的创作谈。如一时找不到的，则空缺。〔5〕选取较权威的评论家已发表的对所选作品的批评或就作家整体风格的批评意见。通常选一到两则。如一时找不到的，由参与本书编辑工作的有关人员撰写，但不标"评论家的话"，而标"推荐者的话"，以示区别。

五、本书编选原则：本书强调感人的语言艺术和知识分子人格力量相融合的审美标准，强调真正的艺术创造是超越时间和空间限制而永存于世的文学观念，一般不考虑文学史的需要，不考虑思潮流派的代表性，也不考虑作家在现实社会中的地位和影响。

六、本书编选方式：本书所选作品，要求选其最好的版本。若有作家多次修改的作品，应在比较各种版本的基础上，以其艺术表现最成熟的版本为准，也会参考其他版本稍作修改。

七、本书编排顺序：基本按作品写作时间的前后排列，若无从考其写作年月，则以其初刊年月为准。相同作家的作品，也按其写作或发表时间的前后排列。

八、本书初版由复旦大学中文系现代文学教研室与中央广播电视大学等单位共同编辑，陈思和与李平担任主编，邓逸群与宋炳辉担任副主编，共同负责全书的策划、协调、审读、定稿等工作。参加工作的具体人员是：王东明、苏兴良、李平、钱旭初、韩鲁华、陈利群（主要负责小说编选）；李振声、张新颖、宋炳辉、梁永安（主要负责诗歌与散文作品的编选）；杨竞人、邓逸群（负责戏剧作品的编选）。另外，张业松也参加过部分工作。本书初版由上海学林出版社 1999 年出版。

本次修订，主要由宋炳辉负责，参与者有：郜元宝、张新颖、王光东、宋明炜、段怀清、金理等。陈思和最后审定。此次修订，对当代部分做了一些调整，新增了韩松、王小波、迟子建、阎连科等作家的相关篇目。

九、我们必须声明的是，这并不是十全十美的选本，更不是唯一的经典的选本，它只是一个能够比较自由地表达编者的文学审美观念的选本，希望读者能够从中获得人格的影响和美的熏陶。对于有些地区的作品（如香港、台湾地区等），因为资料的缺乏和信息的不敏，我们并无十分的把握，难免有遗珠之憾。"作家的话"和"评论家的话"两部分，因为不能翻阅所有的资料，肯定有许多选得不甚到位。我们希望读者能给以认真的批评和建议，以便以后再版时能有所修订增补，使其尽可能地接近于完美。

主编：陈思和　宋炳辉

目 录
CONTENTS

朱 文
食 指

朱文，1967 年生于福建泉州，在江苏宝应长大。1989
年毕业于东南大学。民间诗刊《他们》的创办者之一。出
版有诗集《我们不得不从河堤上走回去》和小说集《我爱
美元》《因为孤独》《弟弟的演奏》等多部。朱文的小说被视
为 20 世纪 90 年代新生代作家的代表性作品，常以对琐细的
日常生活的叙述，透露出一代青年的心灵信息。

说实话，吴新宇刚生下来的时候，他的父母可没敢对他抱什么希望。他的出生是一次意外，他父亲能回想起那一天他心情不好，喝了太多的酒，他的母亲也隐约记得那天晚上她正好胃病发作，很反对新宇父亲执意要做的那件事。但是孩子还是顽强地爬了出来，真是个罪过。和很多婴儿一样，新宇从小就喜欢吃自己的指头，一有机会就吃。一吃就是十六年。高中毕业以后，吴新宇就顶替父亲进厂做了工人。没有人注意他的时候，他就继续吃他的指头。说实话，没人对这个不说话的小子能产生好感一类的东西，他甚至连一个钳工也干得结结巴巴的。有一次女工们聚在一起开他的玩笑，说他整天把手指放在嘴里然后望着她们发呆，是不是企图勾引她们。说实话，对新宇来说，这个玩笑实在太过分啦，她们真不该这样。吴新宇的脸一直红到脖子，红到瘦巴巴的上身，红到见风就倒的下身，反正一直红到底了。而且，这艳艳的红一个星期以后都没能退干净。从那一天开始，就没有再见过吴新宇目光呆滞地含着他右手那根尖尖食指的景象。

　　也正是从那一天——后来蜂拥而至的传记作家们、小报记者们也普遍沿用了这个说法——吴新宇开始把自己关在白天也需要开灯的一个小阁楼里。除了上班领工资以外，他哪儿也不去。除了不得不和年迈多病的父母打打交道以外，他谁也不见。与吴新宇终日相伴的只是那些枯燥平板的方块字而已。他变着花样把那些字排列起来，长短不一，有时分行，有时不分行；有时用上几个标点，有时一个标点也不用。把这些排列好的汉字誊写清楚贴上八分钱邮票寄出去还是三年后的事情。瑞金新村平常只用来收收报纸的那只四栋五〇六信箱变得越来越热闹起来。负责这一片投递的邮递员苦不堪言，他认为那个"吴新宇"肯定是一个闲极无聊经常在报上登征婚启事的家伙。

就这样，到百花齐放的一九八五年，吴新宇再也无法在那家生产自行车配件的小厂里继续过他平静的单身生活了。他必须站起来，穿得干净一些，作为当代汉语先锋诗歌的杰出代表。说实话，这个名字从没有引起过官方文坛的足够重视，虽然它也曾在《文学大系》那本平庸不堪的小册子中出现过那么一次，排在北岛、舒婷、芒克之后，韩东、于坚、吕德安之前。但是，在地下诗坛说不知道这个大名的，那肯定是一些猥琐的嫉妒新宇不凡才能的人。新宇其貌不扬，话说多了就冒虚汗，但是这并不影响他与中华人民共和国成立以来最有风度的汉语诗人丁当结下难忘的友谊。后者非常慷慨地推荐了几个对性交颇有心得的女人，但是这只能使他的朋友难堪。另外现已退出江湖的未得到承认的大诗人于小韦，也非常肯定吴新宇对汉语诗歌的贡献。于小韦的艺术品位是极端挑剔的，他认为自己是个先知。一九八九年元月，诗人吴新宇神秘地从这个纷纷扰扰的世界消失了。他的死——这种说法也许不对，因为谁也没有见过新宇的尸体——是在同年六月份第一次被提及的。那是一个很敏感的月份。人们普遍认为，真正优秀的诗人迟早都要自杀，既然要死就该死在那种时候才能算是死得其所。一些不负责任的报道，说吴新宇是投河自尽的——得承认这样说的人的智商不是那么令人满意的——就像屈原跳进汨罗江那样。丁当认为那是个笑话。因为吴新宇的童年是在运河边度过的，擅长那种狗爬式划水（有人说他的一生也是狗爬式的）。如果说在六月初夏吴新宇跳下水去，那只可能是去游泳。所以最稳妥的说法仍然是，诗人吴新宇消失了。不要再在这个说法上浪费时间了吧，我认为，死亡和消失其实有什么区别呢？人类的生生息息就像基本元素构成相对稳定的空气一样环绕着这颗不起眼的星球，世世代代这样下去。说到这里，我必须停一会儿，因为我忽然觉得没有足够的兴趣再讲下去了。是啊，吴新宇是他妈的什么鸟东西？一个诗人？诗人又是他妈的什么鸟东西？鸟东西？鸟东西又是他妈的什么鸟东西。你又是什么鸟东西？我又是什么鸟东西？他又是什么鸟东西？我又为你说什么鸟东西？鸟鸟鸟；东东东，西西西！鸟东鸟西，鸟东东西，鸟东西西，鸟鸟东西！

　　说实话，为汉语诗歌的前途感到担忧的人并不像你以为的那么多。很多擅于如此言说的都是个人品德有问题的家伙。他们真正担忧的是他们自己作为汉语诗人迷惘不测的前途。如果有洋人对他们感兴趣，邀请他们参加诗歌节，给他们一些美元零用，他们就心定了许多。当然担忧免不了还有，何况他们也需要这种形而上的担忧，那是他们吸引人的资本，他们还想到纽约或者巴黎去，弄个驻校诗人干干。说实话，与这些较为张扬的同行比起来，吴新宇的担忧是真实的。他在一个冬天不听劝阻，毅然烧掉了近千首诗歌原稿。这些作品一般实验色彩较浓，为他带来过最初的好评。并且毅然整整一年一字未写。这后一条在风行像泻肚一样写长诗的今天显得尤为可贵。说实话，像他们那样哗啦哗啦地写诗真是够不幸的。下面是诗人与他朋友一九八八年的一段对话，根据录音整理。这个不可多得的资料是南京大学中文系一位"现当代"研究生提供的。我这位朋友本人还没来得及堕落成一个诗人，所以我对资料的真实性不加怀疑。在此，我还得顺便谢谢他，谢谢他那个喜欢收集文坛小逸事的好习惯。

新宇：我并不是同性恋，请你们相信这一点。

某甲：这我可以做证，在五台山体育馆附近住的时候，我们天天睡在一起，他很正常。他写诗，我写小说，天天如此。

某乙：但在你的生活中，我们从来也没嗅到过一星半点的女人味。再说，你从来都避开和我们一起去澡堂的机会，有人在一篇文章中说，你那玩意儿只是红红的一点点……

新宇：算了，我们还是谈谈正题吧。谈到女人，主要是没时间……其实，诗歌本身能不能算是我不改初衷的一个女人呢？

某乙：能算，能算，就是少……

某甲：诗歌已经远离了它的源头。现在还在读诗的都是些还在写诗的人，也就是说，我们的人民已经不需要诗歌了，是吗？

某乙：不完全是。中国是个诗歌大国，寻常百姓对唐诗宋词依然是耳熟能详，但是对现代诗，他们似乎完全失去了兴趣。

新宇：只要是真正好的诗歌，就一定能被人民接受。我坚信这一点。在西班牙一个普通的小酒馆里，都能听到人们弹着吉他，吟唱着洛尔迦的诗篇。加西亚·洛尔迦，是我现在最为景仰的诗人。

某乙：但是，首先你应该告诉我，"人民"是个什么东西？一个隐秘的同性恋伙伴吗？据我所知，那只是一个毫无价值的空洞的词汇而已。只有别有用心的政治家才对"人民"感兴趣。

　　新宇：我认为这正是当今汉语诗坛委顿不堪的原因所在。我想对诗人们说，把诗歌还给人民吧。另外我再重申一遍，我不是同性恋。

　　一九九〇年六月，也就是吴新宇消失一周年之际，北京的一些因自我感觉良好而觉得自己负有某种责任的诗人搞了一个小型"新宇作品研讨会"。与会的还有一位专程从大连赶来的女诗人。在这里，我不便透露她的姓名，但是你如果做过两天诗人就一定会知道她的。一九八二年她是以一个一脸菜色的饥饿的形象开始在诗坛抛头露面的。空空的胃，空空的子宫。和她睡过的男人大多都觉得自己和中国诗坛有了些关系。和她睡过的诗人后来大多成了名。成了名以后，他们一般都否认和这位女诗人曾经有过瓜葛。原因很简单，她不小心已经被看成了一个烂货。说实话，这样对待一个饱经沧桑的女人是不公正的。他们从她的身体上捞到了好处，又回过头来鄙夷她的动荡不安的灵魂，太下作了。如果有必要，我将在另一篇小说中好好谈一谈这个问题，现在我们继续谈诗人吴新宇。说实话，新宇作为汉语诗人显而易见的价值被一次又一次的研讨会，一次又一次的怀念活动，一篇又一篇的充满深情的纪念文章给活活地糟蹋了。正是在那次研讨会上，那位大连来的女诗人以一个诚实的见证人的身份发表了一通让人记忆深刻的谈话。她认为，说吴新宇是同性恋简直就是对这位不复存在的优秀诗人的污蔑。实际上，一九八九年三月十五号吴新宇在大连做得很好，很让她满意。天啦，说实话，如果真的让她满意，肯定是一件相当不容易的事情。这番坦率的发言引起了到会者强烈的反响。他们对女诗人路人皆知的勇气再次表示钦佩之余，也注意到了她所提供的那个确切的时间。（当然也有人怀疑她是想往她已经成为诗歌界旅游热点的那里再贴一层金，这种说法不可取。）也就是说，吴新宇在一九八九年三月还在大连出现过。这是一个应该把握的线索。至于吴新宇是不是同性恋，这好像并不重要。美国历史上最伟大的诗人沃尔特·惠特曼也是一位可敬的同性恋，他和吴新宇一样，热爱自然，热爱人民。一八五五年《草叶集》第一版在美国问世，开创了一代崭新自然的诗风。

说实话，讲到这里这篇故事才引起我本人的一点兴趣。一九八九年元月诗人吴新宇出走——用这个词可以吗？——以前，在古城南京生活过一段时间。我只能从平常和他来往较为正常的几个朋友那里揣摩他出走的动机。新宇像木头一样少言寡语的习惯，无疑给我的深究带来了难以克服的困难。

"大概是因为所谓的'人民'吧。"在南京居住了十年也没挪过一下屁股的诗人韩东说起话来从来都是很谨慎的，"此人坐在我们中间就像一个密探。一九八八年下半年，我就开始不喜欢这个人了，因为，他养成一个见人就朗诵他作品的习惯，这样做，对他来说其实极不自然。他的嗓音有点不阴不阳，听了让人直起鸡皮疙瘩。他还为姑娘们朗诵。朋友们于是都开始讨厌他，因为他那样做下去，肯定会把姑娘们像赶鸭子一样全赶走的。"

"我和他吵过那么一次。"另一位叫刘立杆的诗人补充道，"我对他说，新宇，你现在的诗歌观是幼稚的，放弃它吧。我们是你的朋友，我们不是你的人民。让我们来读一读你以前的诗吧，它们是多么出色啊。"

"你本人相信'人民'吗?"我不合时宜地问道。

"你把'人民'指给我看,我就相信。"当时在座的几位都哈哈大笑起来。

说实话,我并不觉得新宇的观点真有那么可笑。云南的于坚,以及刚刚从美国归来的吕德安都认为我关于新宇出走动机的猜测是有说服力的。他是想把诗歌还给"人民"。于坚补充说,我不了解这个人,但是我断定他如果不是一个虚伪的家伙,就肯定是一个愚笨的家伙。天啦,说实话,于坚,这两顶帽子的任何一顶加在那颗全是虚汗的小脑袋上,我在情感上都难以接受。说实话,我挺喜欢吴新宇这个诗人,喜欢他那种古老的害羞的样子。至于他的诗歌我怎么看,要我说的话——我是个门外汉,我的看法可能会使你失望——我真倾向于认为他的后期诗歌,也就是诗人企图还给人民的那些诗歌,是更有价值的。我至今还能记得那么一小段。

> 我知道我的天空,
>
> 已不再是你梦想的平原;
>
> 我知道我的土地,
>
> 已不能给你温柔的慰藉;
>
> 我知道我的歌儿,
>
> 已驱不散你永恒的悲伤。

吴新宇生前和一个叫吴晨骏的人来往最为密切。这两个姓吴的在别人眼里都是很诡秘的家伙,有人怀疑他们是同性恋伙伴。但是眼下还健在的那位的感情世界在我看来是正常的,他属于几十年出一个的那种天才，我保证。有一天他出于愤慨忽然出现在我面前，郑重地向我指出，上面那段诗歌并不是吴新宇所为，而是出自一位仰慕新宇的台湾女诗人那根苍白无助的笔下。那个女人心理不那么健康，可能在新宇那里碰过一鼻子的灰。她总是把自己的诗歌署上新宇的大名，或者厚颜无耻地把新宇的作品收入她那装帧精美的狗屁诗集里。说实话，台湾岛人写诗真是一个错误。不管怎样，吴晨骏这个人的出现，让我着实兴奋了一阵子。新宇消失以后，吴晨骏一直保持着让人不安的缄默。我想他一定知道一些我所关心而无从知晓的东西。当时我手头很拮据，但是我还是决定请他去大排档小吃一顿。但是谁知道被这位坚定的后现代毫不含糊地拒绝了。

"我了解你们这些人，不要那么好奇好吗？"他说起话来有点咬牙切齿，眼镜后面的目光非常生冷，"他的消失是在一九八八年，而不是他妈的一九八九年。好了，新宇反正是完蛋了，你们这些家伙在心里大为窃喜是吗？"

"你这样说太没人情味了。我个人就很喜欢新宇的诗，譬如那首《黄昏的河流是昨天的河流》……"

"住嘴！太可笑了。一九八八年三月开始，吴新宇就不再是个诗人了，你知道吧？你应该为你的鉴赏力感到羞愧。新宇有你们这些朋友真是太不幸啦。"说完，他满眼泪光地望着蛛网密布的天花板。

"我觉得把诗歌还给人民是……"

"请你不要再说了，好吗？"看得出来，他是个很脆弱的人。他耷拉在方凳上，头一点一点地，嘴里好像在自言自语。忽然他站了起来，陡然换上一副毋庸置疑的神色。

"好吧，我就让你见识一下新宇真正有价值的作品吧。"

说完，他就站在房子的中央用他带有浓厚苏北口音的普通话背起诗来。一首又一首，滔滔不绝。越背，这个人越显得神采飞扬。说实话，据我所知，他虽然背了那么多，但却没一首是新宇的作品。它们是于小韦的《火车》、韩东的《孩子们的合唱》、于坚的《作品一百号》、吕德安的《沃角的夜和女人》、丁当的《爱情夜话》、刘立杆的《壁虎》、小海的《村庄与田园》，等等。天啦，这个人由于过度的悲伤，头脑已经糊涂了。我只能这么认为，于是我抱住他不停挥舞的双臂，强迫他停下来。请停下来吧。我很果断地建议他回去好好睡上一觉，改天我再去看他。临出门时，吴晨骏无限疲惫地拍了拍我的肩膀。

"请记住，是他妈的八八年，也就是他妈的一九八八年。"

说实话，我对吴新宇的兴趣已经随着冬天的降临而渐渐冷淡下来。诗坛上已没有多少人在谈论新宇了，这是很正常的。很多在一九八九年拼命吹捧这位神秘诗人的家伙，隐隐地后悔起来。因为他们把诸多辉煌的冠冕统统给了大概已不存在的吴新宇，也就不太好意思再往自己头上套了，最多在人少的时候，偷偷地套上一套，过一过大师的瘾。而现实生活中的他们是多么需要弄那么一顶戴戴啊。戴上"孤独的王"之类的绿色的帽子，然后埋头写他们的大作品，那将是多么合适。于是一些手法很隐秘但不高明的晦暗的论调便应运而生。这类谈论一般仍以满怀历史感的忆旧开场，然后认为吴新宇早期的实验诗歌其实是"对语言施加的难以接受的暴力"，是"语词的幻觉"而已。接着就搬出一些精神巨人来，胁迫那些可怜的死人说出这些家伙这会儿用得着的话，这也是老掉了牙的老套路。再往下，就难免有赤膊上阵的嫌疑了。我读到的最高明的一篇是这样设计的。几乎通篇文章都在不露声色地赞扬旧金山的金斯伯格之流，说他们是一代反叛的英雄，吸毒写作，在写作之余互日屁眼，而正是他们领导了美国六十年代波澜壮阔的影响深远的反文化运动。文章的末尾，这位作者恰到好处地暗示了当代汉语诗人吴新宇和这伙人在某些方面的惊人的相似之处。说实话，这些做法让我感到他妈的恶心。所以，我决定再去找一找那个叫吴晨骏的人。

平常碰到时，你还不觉得——甚至还有点厌烦，抱怨这个世界太小——那个总爱提着一只破旧的黑色公文包的家伙有什么特别之处，但是当你专门去找他时，你就不会不知道这位怀才不遇的天才真是神秘极了。他有老婆，有固定的房子，在一个省级机关里有一张固定的办公桌，另外还有一个七位数的电话号码，但是你就是找不到他，你又有什么办法呢？说实话，我这个人从来就不是非怎么样不可的那种人，所以我决定去找他妈的吴晨骏，也顺便去看他妈的吴新宇，这些人跟我有什么关系？我不再去关心这个风风雨雨的地下诗坛了，据说，现在里面经常死上个把人。不管生前写了几首诗，反正他们这一死，都他妈成了人物。话说回来，那个吴新宇倒是确确实实地做了些事情的。又说到吴新宇了，真让人失望。说实话，我真是有点怀念这位早殒的生不逢时的经常冒虚汗的诗人了。如果有一天这小子没死，从我门右边的那条水泥路上走过来，我想我一定会上去拥抱他的。拥抱完了马上就放开，事情就是这样。说实话，我可不愿意也被别人看作是个他妈的同性恋，虽然我本人一贯认为那并不是一个有多了得的情感方式。告诉你，什么也不会让我吃惊，因为我个人有一套简单实用的看待问题的方法，你如果学会了将受益终生。

两年后，也就是一九九三年年底，我忙于搬家。从一个很糟的地方搬到另一个更糟的地方去。生活嘛，不像写诗那么容易。一阵风吹进来，掀动了满地的废纸。原本被压在下面的一张纸头便完全呈现出来了。上面有一段分行的文字，人们习惯把它叫作：诗。真遗憾，这个字的读音竟和另一个汉字"屎"一模一样，都需要卷舌。

　　一千个人走进了这片月光，

　　一百个人走进了这片月光，

　　十个人走进了这片月光。

　　我走进了这片月光。

　　如果月光停止照耀，

　　我就看到，我的死亡。

说实话，我有把握肯定这是吴新宇某首诗歌中的最后一段。另外我还可以推断出它写于一九八七年前后，也就是诗人无所适从的那个创作时期。里面有诗人的窘迫。那个时期的吴新宇憔悴得像一根冬天的草茎。人们都在夸他在那间黑灯瞎火的小阁楼里搞出来的玩意儿具有什么革命意义，这让诗人很是伤心。我忽然有了个想法，我想把手头掌握的吴新宇的作品都找出来，放到一只大信封里去。这也算是我对这位大诗人迟到的纪念吧。说实话，在日常生活中他是一个倍受歧视的人，即使后来有了些名气，境况也没好转多少。说白了，离开诗歌他一钱不值。如果他想搞女人——真不知道他到底想不想——而那个女人对他妈的诗不感兴趣，吴新宇就一点希望都没有了。说实话，诗人们是多么希望有更多的女人去关心诗歌啊，附庸风雅也行，狗屁不通也行。吟上两句诗就可以上饭馆吃饭不要钱，住旅店不掏身份证，就可以让姑娘们心甘情愿地爽快地把裙子撩起来，说实话，这就是诗人们梦想的天堂。这样说好像还不确切，为数众多的女诗人们是怎么想的呢？她们都是些越写越古怪的人。说实话，女人成了一个诗人，她的一生就完蛋了。您的女儿如果是个婊子，请不用为她担心；如果是个诗人，天啦，少不了要请你多关照一些。我前后大概花了一个半小时，就把能找到的吴新宇的东西聚到一起来了。说实话，我觉得自己就像是打捞他的尸体一样，一只手，两把头发。下面这份小档案，日后我愿意提供给对这位灰不拉叽的诗人感兴趣的严肃的评论家。主要是些油印胶印的小册子以及一些散页。

《中午的实验》（二十七首）

《继续实验》（二十一首）

《越走越远》（十八首，和一个说明）

《十七首歌谣，半个梦》（手稿，四百字稿纸，黑钢笔）

《三个世俗的角色之后》（文论，缺三页）

《对二十五个问题的回答》（未署名，有待进一步核实）

《古闸笔谈》（与丁当合作）

《弯腰吃草》（载于民刊《他们》第六期）

另：漫画两张（炭精条）、新民歌三首（配有一份错误百出的简谱）、信件一封以及十五个不算乏味的诗歌片断。

这时，那个吴晨骏忽然出现了。他夹着那只更为破旧的公文包，凝神屏气地站在我的门口，探头探脑地审视着里面。他的公文包老下去了，而他这个人还是那么鬼。我发现他的表现与他那位同族兄弟简直是一模一样。他现在不是吴晨骏一个人啦，准确地说，他是两个人的复合体。两个阴森森的魂灵无比默契地交替驾驭着这一个小公务员的身体，在这个城市里出没，天啦，真是这样。我当然请他进来，请他喝茶，请他别计较房间里连个坐的地方都没有。他说，这并不重要。于是，我拿出那只大信封来递给他，希望他帮我甄别一下它们是不是都出自吴新宇那支差一点就不朽的笔下。

"这也并不重要。"他没有伸手去接，而是在一只纸盒上一屁股坐下来，那只可笑公文包还被紧紧地夹在他的腋下，他好像担心它会像只大耗子那样一骨碌跑掉，"你们当中不是有一个叫小海的家伙吗？就是长得像猫头鹰的那个。"

"是有这么一个人，现在有了个发福的小肚子。"

"他说过一句很地道的话，诗人要甘于自生自灭。是吗？"

"没错，新宇当年说过，他想把这句话刻在他的墓碑上。"

"那就请你让他安静一会儿吧。"

说实话，吴新宇这会儿够安静的了，已经安静得过于冷清。他所谓的人民无法在柴米油盐生老病死婚丧嫁娶股市行情子女入学黄色录像麻将围棋通奸乱伦城市规划日本电器关贸协定美国美国皮尔卡丹钢材价格浦东开发霸王别姬化肥问题水土流失电力先行天安门广场有奖销售红旗飘飘摇滚英雄海南深圳印度神油金枪不倒海湾硝烟华夏小姐人大代表香港回归空难空难科技重奖大腿临空有偿服务中华鳖精养身气功洋妞打工天皇巨星希望工程齐盼奥运牛肉粉丝床上用品宫廷秘方人民江山之中为他腾出一小块地方来。我不知道自己和眼前这个人除了吴新宇还能找到什么别的话题可谈。于是我就继续埋头整理我的东西。说实话，我这个人不喜欢和大小天才打交道。他们比一般人敏感，又急躁。你说什么都得悠着点。不然，不小心一回头就会发现你已多么不应该地伤害了他。吴新宇可不是这种人，他对自己总是缺乏估计，我是说，他总认为自己比你以为的还要差上一个等级。说实话，在我的生活中已找不到如此谦逊的人了。

"听说，你两年前四处找我，往我家里打电话？"

"我不记得有这回事啦。"天啦，我已经有两年没碰到这个人了，有意思。

"你找我什么事？"

"如果真有什么事的话，现在也没事了。"

我想让他闪开，我要把手中的一堆杂物塞到他屁股下面的纸盒里去。但是当我定睛俯视这个人时，不禁大吃一惊。这不是吴新宇吗？不很娴熟地叼着一根烟。说实话，这真是太可怕了。但是当他冲我慢慢地抬起头来时，我看到的又是一张吴晨骏的脸，千真万确。

"我应该承认，你对新宇的感情是不造作的。这也是今天我来找你的原因。"他说得很慢，一句话飘浮在空气中半天才能成形。

"吴新宇？不，我对他谈不上有什么感情，只是有点好奇而已。"

"我应该承认，你对新宇的好奇是恰当的，不过分的。"

"说实话，现在我连这一点好奇也没有了。现在，我倒是常常对自己感到好奇，咦，这个人真是太有趣了。请你站起来好吗？"

他站了起来，开始在房间里踱开了步子。地面上有那么多障碍，所以他不得不东扭西曲地寻找一个下一步落脚的地方，另外他还要保持身体的平衡和踱方步所需要的一副怡然自得的神态。说实话，吴氏的踱步真是一场表演，我完全被吸引住了。这时，他一个转身。

"我最希望你是这个样子。所有浮躁的东西都沉淀下去了，太好了，我想今天我不用再一个人去承担那个秘密啦。"

"说实话，我听不懂你在说什么。"

他来到桌边，把桌子上的一摞书一挥手统统拂到了地上。然后打开了他那只黑色的公文包。首先拿出来的是一些风景明信片。是寄给吴晨骏的，落款人：新宇。但是明信片上一般没有什么内容，只有一张上面写着：今天的天气真是糟透了。我注意到一个个已经有些模糊的邮戳。上面的时间跨度是从一九八九年一月，到一九八九年六月。我在看明信片时，吴晨骏站在我的身后冷静地监视着我。邮戳上的地名显得非常散乱，甚至有些不可思议。我用一支红笔，把那些地名一个一个地标到墙上还没有撕掉的那张中国地图上，原想可以借此，使那次莫名其妙的旅行变得清晰起来，但是却适得其反。能够找到的地方，像一把散沙在这块土地的意想不到的边边角角闪着令人疑惑的光影。而更多的地方无从查找，我怀疑是一些古地名。更让人难以想象的是，那个叫吴新宇的人是怎样在那么短的时间里，从 A 点跑到 B 点去的。当然我不会不注意到其中一张明信片上盖着"大连"的邮戳，时间是一九八九年三月十七号。如果那位热情有余的女诗人所言属实，说实话，我敢肯定在一九八九年三月我们的吴新宇一定在大连吃尽了苦头。她见多识广，可有的是翻新的花样。

"没错。新宇是在飞，像只苍蝇那样。"我身后的那个人很有把握地说道，"你还没想到，他已经落在了那个地方。"

"难道是在时间的隧道中飞吗？"

"这是一个没有趣味的问题。科学上的可能性，真正的艺术家都不会很感兴趣的。那是他们的问题。科学最尖端的成果至多是二流的艺术作品。"他到我桌上的烟盒里拿烟，但我看到他的上衣的口袋里就有一盒"翡翠"牌卷烟。

"我不是他妈的艺术家。你说，新宇到那些地方都干些什么？"

"这个蠢货还能干些什么！到火车站、轮船码头，到农贸市场，到乡村中学，到精神病院，到老干部俱乐部，去朗诵他的诗歌，你听也得听，不听也得听，你给钱，他也朗诵；不给钱，他也朗诵。有时他给一个卖鸡蛋的钱，条件是听他朗诵一首，就一首……"

"你怎么知道？你和他一起旅行过一段吗？"

"新宇企图这么做，但被我臭骂了一顿。肯定是这样。然后，让别人把他灰溜溜地赶出去。好像他已经打定了主意一样，他这一路要干的事，就是让别人把他赶出去。"他迫不及待地点上了烟，好像是想压住难以控制的激动的情绪。

"等等，让我想一下……"

"不许用这条思路来设想新宇，打乱，打乱，快把你的思路打乱！"

我不想理会眼前这个人。我说过，我不擅于和天才打交道。更何况现在我说什么都只会助长他的亢奋。于是我继续在那厚厚一叠的明信片中找寻我可能感兴趣的东西。

"对，你手里的这一张是最后一张，是从一个叫'邗沟'的地方寄出的。另外给我的最后一封信也是从那里寄出的。"有谁知道"邗沟"是个什么地方？

"信？还有信？"

"我说多了。算了，一并告诉你吧，他是给我写过两封信。但是我是不会给你看的。你请我连吃三顿也不行。"

"说实话,我根本不想看。"

"那好吧,我把最后一封留给你。我得走了,那第一封谈了太多你不可以知道的事情,所以不能给你看。为了预防意外,那封信今天没有带来。"

"你是怕我对你使用暴力?"

"不,我怕自己一激动就忘乎所以。实际上今天我已经是这样了。我真让自己失望。"

"不,你把这封信也带走吧,我说过,我不想看。另外我也不想,让你对你自己这了不起的一摊子失望。"

"但是你要记住,关于这封信的任何结论,你都只能留给你自己。我不愿意在一张肮脏的小报上看到!我相信你的,就像新宇也曾一度被你蒙蔽一样。然后忘掉新宇吧,如果你还是他朋友的话。"

说完,吴晨骏就这么没影了。再次碰到这个人,不知是猴年马月。我不知道下次见面时我将看到装着吴新宇的晨骏,还是装着吴晨骏的新宇。说实话,我真想念他们啊,我真想念这两个四处碰壁活着就累得直喘气的朋友,他们只要站在我面前,我就不会不想到,这个肮脏的世界真不是一个他妈的活人的地方,他们因为活着而水土不适,因为水土不适而成为一个可笑的诗人。

晨骏:

你好!

……从昨天到现在,我都没吃过一点东西。不是因为钱的缘故,是因为我不想吃。你不知道,晨骏,饥饿的感觉对我真是太有帮助了。它像一柄耐心的笤帚，打扫着满是落叶、废纸、玻璃碴的庭院。它让我头脑清醒，没有一丝一毫的野心。对诗，我也没有一点野心了，所以，我可以不知疲倦地谈论诗，不知疲倦地写诗，而不会对它构成伤害。我不想就此非难别的诗人，那太没有意思了。如果他们把我当成一位朋友的话，我就想好好地劝劝他们，但是……

　　……过去的一个星期里，我一直在揣摩这个地方的方言。我刚到这里时一句都听不懂，那是什么样的一种语言啊，你如果不是亲眼所见，就真难以相信这个世界上在离我们不远的一个地方，竟然有这样一群人在使用这样一种语言生活。而且我感觉他们生活的理想似乎也只能用这种语言才能表达贴切。现在我可以听懂几句了。当然，他们当中识字的人是可以看清楚我写在笔记本上的那些诗的，虽然他们显然兴趣不是很大，甚至有人把我当成不会说话用一张残疾人证明来行乞的家伙。诗歌有时是要借助朗诵，才能把其中的音乐性，其中的魅力表现出来，我想我最好能用当地的方言为他们朗诵几次，我现在还做不到，有些词在当地的语汇表中也许从来没有过，所以我在想用相应的一个词来代替。你应该知道那是很困难的，我也许应该直接用他们的方言来写，那样会使他们感到亲切，会使他们朗朗上口，那太难了，至少目前我劝自己先别急着这么做……他们黄黄瘦瘦的，但鼻翼都一律很宽，所以说起话来，声音都好像有很长的尾音。我注意过菜场上两个农妇的对话，她们一边摆弄着秤，一边隔着一条街在对话。天啦，我虽然几乎一句也听不懂，但她们此抑彼扬的调子，在黄昏的市场上来来去去的调子，让我相信那就是诗歌。这个地方……在靠近道口的地方，有一个原木垒就的小房子，那位看道口的老头看我不像一个坏人，就允许我有时在那儿过夜。有一天，我听到外面的一段对话，我兴奋极了，你不知道，因为我全听懂了。说话的是一男一女，我觉得朴实极了，就像是最古老的诗歌。但是不能翻译，翻译过来好像就不是那么回事了，晨骏，那一天你如果和我在一起，你就知道了，这就是诗歌，这就是诗歌。他们才是最真诚的诗人。尽管我知道你也许会不以为然，但是，我还是准备，把那段对话翻译过来给你：

让我操你一把好吗

不行，现在不行

那到底要我等到什么时候

要等我爸同意了才行

我等不了那么久，我要操你

那好吧，晚上我等你

……天黑了，我还在给你写信。要是往常我可以去见见朋友，去你那儿混饭去。现在我哪儿也去不了，这里的人好像不欢迎我。有谁欢迎过我？实际上，我非常想念你，甚至想念那些攻击我的朋友……我不知道，我让自己不要想明天，因为那样会好一些，事情会简单一些。现在我只有一个计划，就是当天的计划。我上路的时候，我就知道自己很好笑。也许我真的误入歧途了，就像你骂我的那样，但是我相信，会有那么一天……

我请求，至少你不要再用那种态度来对待我……

现在是一九九四年，我仍然活得好好的。天啦，你不知道，对每个人而言，这都能算上是一个最大的奇迹。说实话，你大概已不觉得了。诗人吴新宇已经离开我们整整五个年头，有关他的记忆也十分淡漠了。今年三月我去参加任辉先生在鼓楼公园举办的个人剪纸展。在充满神奇的展览大厅里，我有幸见到了几个寻寻觅觅的诗人。他们和吴新宇当年也是朋友。事后我发现，我们没有谈到吴新宇，一句也没有。甚至我都可以感觉到，他们和我一样都不经意地把那位经常冒虚汗的诗人从我们各自的生活中完全清除出去了。说实话，即使现在我在这样叙说，也并没有认为这是一件多么不可忍受的事情。

那么这篇小说的诞生就变得很侥幸了，一如吴新宇当年的诞生。我之所以把它写出来，不是因为我对诗人当年那次一厢情愿的旅行再次萌发了兴趣，而是因为在这一刻我忽然深刻地感觉到，诗人吴新宇的一生其实就是这个星球上曾经有过的一次不必要的、匆匆的、秘密的诗歌旅行。

1994 年 8 月 8 日于南京

选自《钟山》1995 年第 2 期

作家的话 ◈

对一个严肃自律的作家来说，他最糟糕的作品里也有着隶属于他本人的当时的最紧张的心灵焦灼（这一点认识，有助于所有正在进行中的作家之间可能达到的沟通）。作家毕生的努力也许就是这样一项工程：不懈地用词语的铁锹挖掘一条通向自己、通向自己的心灵的隧道，让心灵固有的光芒喷薄而出。我打了一个毫无新意的比喻，可能有助于表达的生动，但是它的本质是无意义。而且，一种飘扬的说法常常也会衍变成实际上的陷阱。因为作家与自己、与自己心灵的沟通过程是封闭的、拒绝表达的、冷暖自知的，三者之间保持着一种共同生活的张力。所以，这种神秘的沟通也就是一个真正的作家平淡无奇的日常生活。

……在没有止境的与自己、与自己的心灵沟通的同时，实际上也进行着与他所处的那个时代、与传统、与集体、与他人等等诚恳可信的沟通。这与源于个人生存的功利性需要的沟通截然有别。后者是外在的，对作家本人内心的困境并不能提供多少有益的帮助。作为一名当代汉语作家，如果你感到孤独，我相信这份"孤独"也是古老的。

朱文：《关于沟通的三个片断》

评论家的话 ◈◈

朱文的《食指》，虽然写的只是"他们"封闭圈子的一群诗人的生活场景，但"食指"的意象沟通了更为深远的历史内容。历史上的食指，曾经在"于无声处"开创了一代诗风，成为朦胧诗的先驱者，他为此经受了时代的残酷考验，至今还在精神病院里受难；而当代的"食指"，再一次退出了这个文化艺术都已经被深深污染的世界，自觉地转向广袤沉默的民间大地，企图实践把诗歌交还给人民的主张。诗人所说的"人民"，明确不再是被权力者利用来玩弄手段的政治名词，而是与世俗生活紧密联系在一起的，实实在在生存在大地上的民间，诗人在知识分子的主流文化彻底崩溃的那一年飘然远去，隐没于民间世界，谁又能证明，"食指"已经死了或者发疯了呢？小说最后部分公布的"食指"遗书是很有意思的，那时他已经站在了民间世界的边缘，他站在分界线上，一边是来自民间世界的挡不住的诱惑，一边是对以往知识分子文化和生活方式的恋恋不舍，我们似乎更应该注意到那封信的时间，正是在那个时间，中国的文化发生了一次转机。朱文在小说里故意用混淆文本的手法，把"食指"的作品与"他们"一代诗人的作品互相混淆，暗示出"食指"的精神正散布在这一代新诗人的作品之中，在读上去似很不严肃的叙事风格中，寄予了严肃的思考。对这样一群诗人圈子，因为有了"食指"的精神传统穿插纵横其间，已经很难说是个封闭的圈子了，这里面似乎含混着一种新的信息，在这一批知识分子走向世纪末大门的过程里，可以隐隐地听到脚步重新踏在大地上的坚实有力的声音。

陈思和：《逼近世纪末小说选（1995）·序言》

于　坚
戏剧作为动词，与艾滋有关

　　于坚，原籍四川资阳，1954 年生于昆明。1984 年毕业于云南大学中文系。1979 年发表处女作《新唐·吉诃德之歌》。1984 年与韩东等诗人创办民间诗刊《他们》。出版有诗集《诗六十首》《对一只乌鸦的命运》，随笔集《棕皮手记》等。

1994 年 11 月 29 日至 12 月 1 日，北京独立的戏剧导演牟森在北京租用剧场，上演了他的新的戏剧作品《与艾滋有关》。

先是，观众不知道剧场在何处，他们站在剧场里问：剧场在哪？因为这个剧院有六百个座位的观众席已被建筑工地的脚手架和铁槽板搭成的平台消灭了。铁槽板从观众席一直延伸到舞台后面的墙根，使舞台和观众席成为一个整体，剧场看上去是一个钢铁的开阔地，冰冷、坚硬。铁槽板是刚从一个建筑工地运来的，上面涂满建筑活动余留下来的黑色的油脂，肮脏、滑腻。但如果从放在舞台上的三个汽油桶改成的大火炉、挂猪肉的吊钩、大案板、刀、大锅、蒸笼、绞肉机等来看，这里又似乎是一个工地的大食堂。然而，他们看不见戏剧，看不见演员。首演完后，有人问我，你们是不是饭店里的？他问得不错，在一小时二十分钟内，我们确实是在切肉、和面、洗白菜大葱、铰肉馅、炸丸子、焖红烧肉、蒸包子。看戏的只看见一群戴白帽子的厨师在干活，聊天，那些支离破碎的话听起来真是费力，根本不是台词。唯一看上去有些戏剧性的，是观众的左面、右面和后面有十三个建筑工人在用混凝土和砖砌墙，他们在剧终时走进表演区，把演员们做好的饭菜吃得一干二净。但这又与这个叫作《与艾滋有关》的戏剧有何关系呢？如果观众真正忠实于他们所知道的戏剧，他们就应当站起来走掉。然而也许人们担心把一个很可能与"先锋"一词发生关系的事件轻易错过，他们大多数还是耐着性子坐了一小时二十分钟，企图看出"意义"。最终，他们发现他们丧失了优雅的、局外的、观赏者的身份，他们不得不与演员同处于一个现场，一个毫无意义的、平庸、混乱、肮脏与冰冷的现场。一群诗人由于迟到被坚决地挡在门外，在12月北京夜间的冷风中愤然离去，导致了一些诗人感冒。《与艾滋有关》唯一与艾滋有关的恐怕只是那张发给观众的戏剧说明书，它构成戏剧的一部分，它实实在在是与艾滋有关，它说明了看戏的方法（这是一次开放性的演出。只要你愿意，任何一个人都可以走上这个舞台，讲述你自己），白纸黑字，但无人走上台来。它说明了关于艾滋病的最基本的常识；它甚至还有一个极为详细的问卷："601 你在过去十二个月里与多少人发生过性关系？602 在与这些人发生性关系时，你是否使用避孕套？……"但这个说明书被人们忽略了，人们关心的是舞台，是情节、高潮；是演员们的台词、演技、含义。《与艾滋有关》这个剧名被坚定地理解为一种戏剧性的然而与戏剧本身无关的象征。终场时，铁槽板一片刺耳的乱响，我看见一些说明书被扔在地上，人们踩着它离去。（棕皮手记：当他坚定不移地走向戏剧的时候，他同时也在远离他的观众。）

1994年10月的一天，我在昆明的家中接到牟森从北京打来的电话，他说请我到北京去演戏。我怀疑我是听错了，我的耳朵小时候由于注射了过量的链霉素，重听。我又问了几遍，并提醒他，我耳朵不灵，听不见台词。牟森说他知道。他确实是要我到北京去当他的演员，并且是主角。他甚至催促我，要我立即就乘飞机去，机票由他报销。牟森排戏是用自己的钱，他不代表任何单位，他不是说着玩的（我想起他在《0档案》中用从未演过戏的吴文光做演员，而把留学德国的专业演员抛弃了）。我说让我考虑考虑。牟森说他明天再来电话（《作品39号》：你从来也不嘲笑我的耳朵　其实你心里清楚　我们一辈子的奋斗　就是想装得像个人）。

在第二场演出时，我一边炸肉丸子，一边与和我一起炸丸子的张大波讲到我少年时代的一次与演出有关的经历。那时我小学三年级，九岁。（台词：学校里搞汇演，每个班都要出一个节目，我们三年级2班准备演一个合唱：《美国黑孩子小杰克》。）那时我是一个表演欲很强的人，我每天放学回家，都要在院子里自唱自演。那时我意识到人和人的一些区别，例如身高、男女、学习，甚至家庭的区别。我们班有一个男生，他父亲是拉煤炭的，他穿着很旧，全班男生就将他排除在我们一伙之外，孤立他，下课的时候不要他玩。但对人的其他方面的区别，例如相貌美丑，是否适合于舞台之类的地方我还一片混沌。我以为在这些方面人人都是一样的，我强烈地期待着演出，我期待的是演出的那一天，而不是是否能演出。老师点名了，原来点到名的才能上去演。全班五十二个同学，有十七个人未被点名，我是其中之一，还有那个贫穷的男生。10月1日到了，全校同学一班一班地集中在操场上，到我们班上去表演的时候，凳子一下呼啦啦空掉三分之二，唱歌的同学穿着新衣服喜气洋洋地飞上台去，我们十几个剩下的孩子，像收割后的稻田里的稗子，引人注目。我第一次成了"我们"之外的部分。这次演出对我打击很大，我此后有很长的时间（二十多年），都处于害怕被"我们"抛弃的潜在担忧中。从同学的只言片语中，我猜出我们之所以未被选中参加演出，不是成绩不好，而是长相或口音不适合于舞台。我从此对舞台产生了恐惧。以至五年级时，老师要我在一个年级的会议上代表班级发言，我竟然窘得当众大哭起来。（注：在舞台上讲的时候，我讲的不是现在这样清楚，我操着云南普通话，口齿不清，永远分不清Z、C、S和ZH、CH、SH，颠三倒四，关键的话根本没有讲出来，例如，我对"我们"的认识。后来我认识到，老师并非存心歧视我，从舞台的角度来看，我确实不像样子。当我作为诗人，拥有读者之后，我那些亲爱的读者无法将我的长相和我的诗歌联系在一起。就在我演出的那一天，据贺奕反映，一些读者大失所望，于坚怎么是这个样子？在青年时代，我一直不承认这一现实，不断地通过购买衣服、洗头、镜子等来弥补。我甚至一直在顽强地虚构自己作为演员的生活史，也真的那么做，经常撞得头破血流。但在内心深处，却在充满正面人物的世界面前深怀自卑感。）

当我将牟森要我去当演员的事讲给一些朋友听时，他们笑，以为是后现代的游戏。于坚都可以演，谁还不能演？他们不笑，于坚不去谁去？神色庄严，仿佛我将去刺杀秦王或奔赴延安。我决定答应牟森，不是答应到他家去吃晚餐，而是答应他做一件事，这件事令我兴奋、害怕、激动、想入非非。更重要的是，我相信牟森，这一信任开始于1993年的夏季，那时，我与牟森首次合作，通过《彼岸》的上演，我见识了他的戏剧。牟森希望我仅仅作为我自己出现在他的戏剧中，我低估了这种出现的难度，这也是我有勇气答应牟森的一个原因。（棕皮手记：在人之初，戏剧是全体人的游戏，哪有观众席？在动物那儿，人这个声音的意思，就是演员。但人要回到他的"之初"，并非易事。）

10月25日，我到达北京，牟森的戏剧作为滚动，还在脑袋里，没有演员，没有剧场，没有剧本。我是他的第一个演员。牟森的戏剧不是现成的，在他这里，"戏剧"是个动词，不是一个名词的现成品。不是演"戏剧",通过"演"呈现剧本,戏剧的过程就是演员、剧本、表演、剧场、发生创造的过程。开始只有一个方向,将要滚动出来的,一切都不能事先预见,充满着可能性。导演只是那个把握方向,决定细节的人,而不是"指导着演"。当你问牟森,怎么演,他往往说,我不知道。演员在这里,必须是完全主动的,如果他被动地等着被"导",那么他在牟森的现场只会发现他是多余的。牟森问我,什么和艾滋有关?在回答此问题时,我首先想到的是,与我无关。肯定的,我相信。但在看了牟森给我的一大叠关于艾滋病的材料后,我不敢太肯定了。其实,我并不知道艾滋到底是怎么一回事,我模糊地知道这个词,我的阅读经验告诉我,这个词一般只会出现在诸如:同性恋、非洲、纽约、海洛因、大麻、乱交和英语当中。而我的存在是与这些词汇无关的。我在1983年第一次听到这个外来词,当时译为"爱滋"。当时这个词尚未公诸传播媒介,它只神秘地出现在一些内部的医院文件里,并从那里通过小道消息的方式流传到社会上,我听到的是这样的:在昆明滇池的游泳场的水中,发现了艾滋病毒,许多人被传染,滇池不能再游泳了。这个词最先出现是并未与性联系在一起,因为"爱滋"只是一个译音,尚未在公开的文字中出现。它正确地与传染联系在一起,但它的传染性被描述为无所不在的,谣传并未指出它的传播途径,无论是道德的还是医学的。当时并没有人认真地对待这件事,因为很快就证实滇池仍然可以游泳,而谁也没有见过这些被传染的人。我相信,当时在昆明还没有发现艾滋的患者,人们只是第一次知道世界上发现了一种可怕的传染病,但它不会传染到我们中间来。它与我们的关系就像希腊神话中的魔鬼与我们的关系一样。稍后新闻媒介和民间传说就把艾滋往道德的方向传播了，并且"爱滋"这一译法使它的隐喻与性联系起来。这样，大多数人都把它视为梅毒之类的传染，并且进一步局限于它是一种西方文化的梅毒。一个生活正派、富于道德感的中国人是不可能染上艾滋病的。我之所以答应牟森在一个与艾滋有关的剧里露面，也正是居于这个断定。如果我自己是艾滋病人我会演出吗？我想我不会。在中国，一个人如果患了艾滋病，是不可能不被别人知道的，而且会立即被很多人知道，人们不认为有必要为这种伤风败俗的事情保密，甚至认为有必要让这件事广为人知，以迅速地在此人周围建立起道德隔离网。虽然政府的立场可能与西方对这个问题的立场是相同的，但具体的人们却另有一套对它的看法和处理方式，这往往是政府无能为力的。就在我写此文之际，我还读到两篇关于中国的艾滋病人的遭遇的报道。其中一篇是在非洲染上艾滋病的一位湖南劳工回国后的遭遇的报道。据该报道说，此人被检查出 HIV 阳性之后，有人联名要求政府将他监禁起来。（默克诊疗手册：HIV 抗体试验应在对每个要求试验者保密的基础上进行，保密是必要的，因为可能会危及病人的工作、保险和社会生活。）但政府的医疗部门否定了这个建议，为他在他家里设立了专门的病床，并成立了专门的防治小组。但他的亲友却都不再与他来往，烧毁了他回国时赠给他们的礼物，丢掉了他喝过水的饭碗、茶杯，他的妻子 HIV 检验呈阴性也遭歧视。（这些证据是没有作用的，人们只要知道她是一个艾滋病人的家属就够了。）人们甚至不敢要她支付的购买物品的钱。他的孩子上学的课桌无人敢碰，教师甚至拒绝批改孩子的作业。〔默克诊疗手册：有一项研究，对艾滋病人或伴有口腔念珠菌病的艾滋病相关症候群病人的家庭内非性接触者进行了调查（六十八名儿童，三十三名成人），接触者在家庭内与病人一起生活了三个月或以上，与病人共用家庭物品平均达二十二个月之久。个人之间的密切关系（如帮助病人洗澡、穿衣和进食）是普遍的。结果只发现一名接触者有 HIV 感染征象，这是两名静注毒品者的五岁的女儿，然而她最可能是经产道感染的，而不是与病人的日常接触。〕当此人病情恶化时，他已处于被民间社会共同抛弃状态，他妻子最后隐瞒病情把他送进一家大医院，他在医院尚未弄清他的病情的情况下死去。该报道没有一个字提及 HIV 呈阳性的传染途径，只说他曾在非洲嫖妓。给人的印象是，他是遭受道德败坏的报应。（此文见光明日报社主办的《文摘报》1994 年 12 月 11 日，第1193 期第 5 版。）另一篇报道是说西安的一位干部在医院里被误诊为艾滋病，医院将此事通报他单位的领导，单位立即要求医院对与他接触过的七十多人进行检查。给他造成很大的声誉损失，向法院控告医院，要求赔偿，法院判决医院赔偿，公开赔礼道歉。（见《报刊文摘》1995 年 3 月 2 日，第 902 期。）在我国，误诊而向法院起诉医院的事例并不多，如果被误诊的不是艾滋病，事情可能就不会是这样了。所以当我出演"艾滋"一剧时，我并不明白它本身到底是怎样一回事，我对它的理解只不过是基于一种道德判断和道听途说。牟森让我看了一些有关的资料（这些资料正是后来作为剧情说明书向观众散发的那些内容），我吃惊地发现道德并不能阻挡艾滋病，它更多的可能不是与道德状况有关，而是与注射器、血浆有关。在过去几年里，许多死于艾滋病的西方精英，并非由于他们在道德上有什么问题，他们无辜地死于血液的感染。我进一步意识到，我以及我国很多仅仅从道德来理解艾滋病的人们，也许正是这一灾难有一天将不可避免地在我国传染开来的一个可怕的传染源。那几日，我们不断地向每一个认识的人问道，你是否与艾滋有关？几乎所有的人都坚定地否定，但如果进一步问，你怎么知道，却无人能回答。人们都从道德上断定自己与艾滋无关，他们提不出医学上的证据。只有一次，我问从法国回来的摄影家高波，他对这个问题的回答是从皮包里取出一份 HIV 呈阴性的法国医院检查证明。

牟森的第二个演员是金星。金星是著名的现代舞者和非凡的编导，他对由生物学所规定的人类性别所做的反抗给我留下了深刻的印象。金星在生理上是个男性，但他从小就厌恶这一性别角色，他公开地自由地选择作为女人存在，完全不顾后果。他并不像我国的许多性倒错者那样遮遮掩掩，而是公然地打扮成女性，过女性的生活。他的女性化令我感到那是一种真正个人化的需要勇气的值得尊重的选择，而不是病态，他受到朋友们的尊重和热爱。金星给我们讲述了他的性别转换的历史，这包括他少年时代的性经验、在国外的短暂的同性恋经历、与艾滋病人的交往，这些内容绝对是我国热爱猎奇的作家们的绝妙素材，它们在中国传统中属于隐私，属于应该保持沉默的禁区。但金星无所顾忌，他的叙述是自然而然的，他并不把自己的经历作为一种资本来博取同情或加强人们对他的印象。在牟森这个剧的全部演员中，金星是一个唯一和艾滋有关的人，他的经历中充满在传统的中国观点看来与艾滋有关的词语，但他恰恰是这些演员中唯一一个能够从医学的事实证明他与艾滋无关的人，他像高波一样，有美国医院的 HIV 检验正常的证明。在朋友中间小范围地讲述这些隐私是一回事，在剧场里重复同样的故事却需要勇气，当牟森邀请金星在他的戏剧里作为他本人露面的时候，金星答应了。（当金星真的作为他本人在牟森的剧场里出现，并勇敢地具体地讲述他在东京与一位艾滋病人的遭遇后，有观众说：这样的人，还活着干什么，死掉算了。）在牟森的戏剧中，所有上台的人都将作为他自己、本人出现，并且他们的关系也就是他们之间所能够建立的关系。我们很快就看出，这种关系和本人在舞台之外可能很正常，但在剧场里它却是让演员成为他自己的最大的障碍。

有一个人拒绝了牟森的邀请，这个人在剧团里待过，他一来，就要牟森把剧本拿来看看，带回家去琢磨琢磨。牟森告诉他，没有剧本。他目光迷惘地看了牟森一阵，知道不是开玩笑，就走掉了，再也没有来过。最终，牟森的演员没有一个是专业的话剧演员，他们大多数连舞台都没有登过。

11 月 6 日，牟森租到了剧场，这个剧场是个新中国成立前就有的老剧场，它在北京一条很古老的胡同里。我们作为演员的第一件事，就是收拾剧场。这个剧场是专门为少年儿童演出的，有六百个座位。它很少使用，布满了灰尘。我们在呛人的灰雾中把那些幕布取下，把舞台上的杂物弄走。拴幕布的梁柱至少积存了五十年的灰尘，我想象得出那些少年观众怎样一边咳嗽一边看戏。我很少进入舞台这样的地方，当我站在空荡荡的舞台中央，看着下面黑洞洞的观众席时双腿不禁有些偏软。只有金星一进舞台，就浑身来劲，炯炯放光。正在下幕布时，进来一个男子，他是这个剧团的演员，他用装着麦克风似的清晰而富有戏剧效果的男低音与牟森讲话，那声音几乎使我丧失了当演员的勇气，真想立即就逃出这个舞台。我从小被嘲笑得最多的就是我的发音，我口齿不清，由于儿时大病，听力受损，（棕皮手记：我有一个一生都需要掩饰的耳朵，需要伪装的耳朵，因为我的耳朵与他们的耳朵不同，他们听得见的声音我听不见。）许多汉字念不准确，再加上南方人的口音中许多音不标准，我的发音方式简直就是一种幽默。模仿我说话，曾使我的一些熟人获得语言上的优越感。我忽然想到我将在操普通话的北京观众面前说话，在昆明时要到北京的舞台上一显身手的勃勃雄心早已消失殆尽。

我们进入了剧场，开始戏剧式的滚动。牟森给每个人发了一套工作服，穿着它，作为演员的感觉变成了参加劳动的感觉。牟森让我试着讲一些话，我立即就忘记了我在"劳动"，下意识地模仿着我听来的戏剧的声音，力图让牟森从我的声音中辨认出一个话剧演员。牟森很不高兴，"你平常不是这么讲话的"。他说，"我要你像你平时那样讲话"。我知道牟森的意思，我就是知道他的意思才同意到他的戏剧里来的。但我知道的是一回事，真正支配着我的举动的却是另外一些东西，我发现我要在舞台上像平时那样说话确实很困难。我甚至有意识地控制着自己的一举一动，被某个看不见的面具牵引着。但我无法自我控制很长的时间，过三五分钟，我就会下意识地恢复我的老动作，例如焦虑地抓大腿，摸腹部（我老想把那里的多余的脂肪拿掉）。而我的声音还仍然是某个蹩脚的话剧演员的声音。此后很长一段时间，我一直处于害怕我的本来面目被识破的恐惧之中。我至少在二十天之后，才在剧场里恢复了我本人，开始劳动。

牟森的戏剧并不是在演出的那一刻才开始，他说戏剧就是教育。就是从观看到做。他很喜欢一句话，戏剧就是使人有能力。当我们和牟森在一起，把《与艾滋有关》朝某个未知的方向滚动，他的戏剧就已经开始。牟森说，这个戏他首先想到的是"与艾滋有关"这几个字。一切都是从这几个字开始滚动的。在舞台上的演出，对于牟森的某一类戏剧来说，只是一个常规的方向，而不是根本的方向。但这并不意味着牟森是盲目的，他是我所知道的最清楚自己要干什么的导演。人们可以看出，他的滚动最终呈现的就是他的想法，也许他可能做出了各种妥协，但他的固执最终还是抵消了这些暂时的妥协。《与艾滋有关》的滚动是这样的，最先是只要三到四个演员，于坚讲形而上的与艾滋有关。（我为此准备了一些文字上的东西：不动就不会与艾滋有关，艾滋不是一种观念，一种思想。艾滋是对身体的进入。获得性免疫系统缺乏症是身体"获得"，不是思想道德"获得"。只有不动才不会得艾滋病，不接吻，不性交，不肛交，不握手，不注射，隔离、封闭、退休、死亡才不会得艾滋病。）金星讲自己的经历，苏伟和大波在台上干一些活。牟森设想要在剧场里做一块可以升降的铁板，覆盖整个观众席，在演出时铁板下降压向观众，让他们无从逃避。但剧场的条件否定了这个设想。易立明提出在剧场里砌墙，大家又就此生发出围着观众席裹布，焊钢板……从牟森的方向开始，向着可操作性滚动。后来又让于坚写一个台词本，金星编一台现代舞，易立明做一个装置，然后合在一起……到晚上又推翻了。牟森在他的想法未能呈现为方法时总是脸色阴沉，像关在笼子里抱着一个铁核桃，要想把它掰开的困兽。牟森一开始就拒绝了专业的演员，非演员本身就意味着一种"无关"，但牟森面临着另一个问题，就是怎样使这些无关的人成为有关的人，这种有关就是如何使他们能够在他的戏剧里作为本人出现。有些很有戏剧修养的观众在看了《与艾滋有关》后，以为这样的演出谁不能演，牟森确实是想让他的戏剧成为谁都可以演的东西，但做到这一点，却并非如那些自以为是的观众想象的那样谁都可以做。它需要一种方法，而这种方法正是牟森所谓的戏剧。在牟森的戏剧中，演员和导演的关系是开放的，充满着想象力，但它有时是漫无边际的，有时令人沮丧，有时一片茫然，犹如黑夜里行路。用一个出租汽车司机经常使用的词来形容，它可以说是一个向戏剧磨合的过程。用牟森的话说，叫"活出一台剧来"。在这种痛苦的磨合或孕育中，最痛苦的是牟森，我们可以天马行空地想象，但牟森却必须像一头饥饿的日夜警醒的狼，在猎物出现时准确地抓住它。

终于，某种牟森想象中的方法具体地呈现了。演员从一开始的四个人扩充为十三个人。"有关"这个词将被呈现为物质的、动作的、声音的。首先，剧场的观众席被建筑材料填平，这个装置在我看来，它意味着，一个与旁观、欣赏、局外人的身份"无关"的现场，只要你一旦进来，你本人就不是无关的，你就处于现场之中，你就必须对此表态。你已经被强迫接受了一个你不习惯的非戏剧的现场，它完全无视你的传统的观众身份、审美标准，除非你立即离开它。进入这个装置同时又意味着"消灭"和"重建"。它消灭并重建了舞台和观众之间的距离，演员和观众处于平等的位置。这种位置不再是固定的观赏和表演，而是随时可以自由地交换的，它为人提供了自由，剩下的问题是，人们是否敢于享用它。这个装置还可能意味着"繁殖"，某种无关的东西〔默克诊疗手册：第十九节，获得性免疫缺陷综合征（艾滋病）：本病是一种由病毒引起的继发性免疫缺陷综合征，特征是严重的免疫缺陷，导致条件性感染、恶性病变和神经损害而无免疫异常既往史。〕同样不以观众意志为转移地繁殖着。然后，十三个人在做红烧肉，炸肉丸子，蒸肉包子，这一行为至少意味着一种"日常"或"习惯""传统"。这是戏剧的主体部分，它同时也更强烈的是一种"无关"。在观众席的两侧和后面，牟森邀请了十三个民工用砖和水泥砌墙，牟森说，那就是古希腊戏剧中的歌队。砌墙的意义既是"建筑包围、建筑封闭"也是与舞台方向的活动的"无关"，它同时也是"生产"和"繁殖"，它甚至还可能令人想到"无从逃避"。它使观众席成为一个被动的区域，它使这一区域传统的审视、自在感、优越感和"无关"消失了。声音是混乱的，嘈杂的，琐碎的，片断的，无中心，无主题，犹如在饭店里听到的"无关的"谈话，它实际上就是一场你会在任何公共场所听到的谈话。但观众先验地认定它必然是有关的，所以在观众的心理和生理上，这种"无关"感更为强烈，它在听觉上造成一种"无关"的生理体验。无关再一次作为生理刺激而不是思想主题出现。剧场正面的厨房劳动、剧场周围的砌墙劳动，以及填平了观众席一直延伸到舞台尽处的建筑材料，使这个戏剧如果不从戏剧的角度看的话，它就是一场真实的劳动。但观众全都固执地相信，他只要进入的是一家剧院，他看的就是戏剧。从而牟森的戏剧唤起了观众对戏剧的"陌生"感和"无关"感。在种种强烈的无关中，那本唯一与艾滋有关的小册子就是一个不能忽略的重要的细节。我们不能忽略牟森在剧场中设计的任何一个细节，他的戏剧需要一种非常规的进入方式，他拒绝资产阶级传统的审美趣味，他要求观众仅仅从他所看见听见的来接受它。在牟森的剧场中，观众应该动用的不是思想，而是他的眼睛和耳朵。如果我们把这些个行为、装置、声音的本义抽取出来，加以组合，那么它们呈现的是这样一组信号：有关、无关、传统、日常、封闭、包围、陌生、繁殖、无从逃避……它们也许可以牵强附会地解释为中国人潜意识中对艾滋一词的理解。但它们并不首先呈现为意义，而是呈现为现场，呈现为身体、感官的"被进入"，被触动。〔默克诊疗手册：HIV在人间传播，必须通过含有感染细胞的身体物质，如血液、血浆和含血浆的体液（如唾液）……医护人员不小心被注射器针头戳刺的情况相当常见，因而必须特别强调教育医护学生和专业人员如何避免这些潜在的十分危险的意外事件。〕"建筑"一词的象征性是由工人干活的过程、墙的成形、砖块在砌起来的运动中滋生出来的。就像我们以为，艾滋不是通过道德或思想而是通过触动进入身体一样。在这全部的有关与无关中，来自演员自身的有关与无关更鲜明，在牟森的戏剧中，一个演员将呈现四种而不是一种角色。一，他首先是一个通常意义上的演员，观众以为他的一举一动都是表演。二，他在台上的行为规定着他的身份，在《与艾滋有关》中，每个演员都是厨师。这是从他们做饭行为看出来的。三，他真正的文化身份，如舞蹈演员金星、大学讲师贺奕。四，他本人。既非厨师，亦非戏剧演员，也非舞者的那个将要做变性手术的金星。正是这四种身份同时在戏剧中自然地呈现，有关与无关才会作为一种戏剧方式呈现。如果某一身份过度，就会使有关和无关成为绝对的有关和无关。如果演员仅仅是认真地做饭而不言语，那么观众将以为他们只和厨房有关。如果演员们高谈阔论到专业本行，观众又会认定这是一群文化人。他们必须是他们本人，而同时又是厨师、演员和文化人。这些角色互相矛盾，互相消解，无关和有关才会呈现。恰好那几日我在戏剧之余正在阅读罗兰·巴特的《符号帝国》，有些话给我留下了深刻的印象：人们懂得、领悟、接受的乃是对方的整个人体，而且正是对方的整个人体显示出（并无实际目的）它自身的叙述内容、它自身的文本。

棕皮手记：

○选择演员，即是选择他这个人的外表、声音、动作、气质、文化、修养、说话方式。作为戏剧的一部分，没有剧本，演员自己就是活的剧本、台词。当一个演员演的就是他自己、他本人时，他就不是表演，而是做，或者就是劳动、狂欢。

○戏剧的近代意义，可以理解为人作为身体的解放。在古代它可能意味着狂欢。戏剧就是自由的到来，在古代，戏剧不是"演"给人旁观的，而是人通过参与其中获得自由的形式。戏剧不是局外人和局外人之间的一层玻璃。从看见到看见，其间不是舞台，而是人和人的自由的联系、交流、接触、沟通。做到这一点，在古代可能只需一片荒野就足够了。在今天，却成为现代艺术的一种革命性的观念和方法。

○在戏剧（动词）中解除戏剧（名词）的遮蔽。

○演戏，先存在着一个戏，然后把它演出来。在牟森的戏剧车间，戏剧就是演的开始、过程和发展。这一切结束，戏剧也不复存在。因此，《与艾滋有关》每一次的呈现都与上一次不同。

○无关并不是容易做到的。要抵达"无意义"的彼岸，要有消除意义的方法。这种方法就是戏剧或诗的形式。在对"无意义"的呈现中，意义无所不在地呈现了。因此，"有关"并不是一种故意要设置暗示出来的意义，而是现场自身所呈现的一切，包括那本小册子。它至关重要，正是它决定了这个戏剧只是与艾滋有关，而不是其他。

将物质或声音处理成"无关"的比较容易，但在牟森的戏剧中，最重要的是演员既是在戏剧中，他又是与戏剧无关的。当十三个演员应召而来之际，他们不是作为牟森所希望的"本人"到来，而是作为通常的演员到来。因此，如何使这些演员复原为本人，就是牟森的戏剧的一个重要的部分。牟森的方法是，动。无意义只有在无意义的身体的动作中才会觉醒。我是一个很怕动的人，我习惯于在语言中表达我的存在，而常常把身体的存在遮蔽起来。（台词：我想起遥远年代的一个上午，我上小学的时候，第一次上体育课，老师教我们打篮球，当我抱着篮球朝高高的篮板走去，模仿着体育教师的动作投篮时，忽然听到体育教师在我后面说，大家看，他笨得像熊一样。同学们哄笑起来，我的腿一软，几乎跪下去……）当牟森说，你要动一动时，我心惊肉跳。尤其是当我想到我将和金星这种天生的杰出"动物"在一起动时（牟森要我们和金星一道进行一些身体活动），我觉得我就像立即被剥光了似的。任何人和金星这样的人（全国舞蹈比赛"特别演员"奖获得者，在汉城和布鲁塞尔举行个人舞蹈晚会……）在一起动，都会立即形成强烈的反差，而我更甚，脂肪过剩，动作僵化。牟森说，戏剧就是提供一种交流的机会。当这十三人汇集起来时，交流并不存在，大家的关系只能说是一种客客气气的彼此彼此。正是"动"使我们之间很快建立了一种真正的交流。怕出丑，怕笨，怕在陌生的环境中呈现"本人"戴着文化面具出场，也许是中国传统赋予我们每个人的遗传，这种遗传阻碍着人和人之间真正的交流。而动却是一种最直接的交流，一动，每个人平时被文化面具遮蔽着的部分立即暴露无遗。人可以通过说法遮蔽自己于他所希望之地，但他无法通过身体的动作来自我遮蔽。在身体的动作中，丑陋、笨拙、灵巧、优美就是它们的自身。这是无法通过言说改变的。"动"立即解除了演员们的文化面具，为真正的交流建立了基础。与金星这样的人在一起"活动"是美妙而愉快的，他根本不在乎我们在"动作"上的不可造就，他也不因此降低他的动作标准，我们的身体慢慢地获得了放松，"本体"开始呈现。当身体不再遮蔽，当它获得解放，我们反而不再是难看而笨拙的了。难看往往是由于企图自我遮蔽造成的，我一开始动作时，老害怕被别人嘲笑，努力想动得优美一些，反而更显得丑陋。大家说，那个体育教师的阴影又回来了。金星和我少年时代的那个体育教师完全不同，他说我们的身上蕴藏着一种原始的尚未开发过的"动力"，他甚至认为我们的笨拙（从舞蹈的意义上说）是他做不出来的。这些话当然给了我深刻的影响，我最终能像我本人那样自由自在无所顾忌地动了。当身体一旦获得解放，戒备完全解除，交流也就开始。在大约一周的集体舞蹈后，演员之间本能的戒备解除了，大家不再是一群莫测高深的、准备握手寒暄的舞者、诗人、记者、导演、摄影师、大学教师……而是一群置身于一个劳动现场的本人。交流的结果是真正的信任感的建立和创造性的复活，在后来，我们甚至迷上了舞蹈，和金星一起开始创作起舞蹈小品来。那几日，牟森的戏剧车间成为我们生活中最迷恋的地方，那里出现了一种充满活力和可能性的生活，谁也不知道明天将会有什么被创造出来，但每一个人都肯定地知道，某种东西将会被创造出来。当身体的交流一旦趋于自然，思想的交流才成为直截了当的。在动作之后，牟森的另一方法是演员们坐在一起谈话，这种谈话有很高的透明度，它并不顾及每个人的隐私。由每个人向其中一个人提出他们感兴趣的任何问题，他可以回答，也可以拒绝回答。在演出将近的时候，一种真实的关系已经在演员之间建立，这种关系已经很少面具色彩，就像十三个相处多年的老朋友们在一起一样。而在一个月前，他们或素不相识，或只不过是名字上的熟人。这个过程正是戏剧的过程，它最终成为一种力量，推动着戏剧走向它可能抵达的方向。

在演出接近的时候，对演出时的谈话是否应该规定一个主题，如是否围绕着与艾滋有关的问题发生了争论，一些人认为谈话应该有一个主题，一种意义，但牟森坚决地认为，演员们之间现在建立起来的关系，它自然就会呈现一种真实的谈话。而这个戏剧要的就是这种谈话。你想说什么就说什么，牟森强调。他是对的，如果规定一种话题，那么戏剧这个动词就不存在了。事实是，当演出开始后，那些连续看了三场演出的观众，听到了三次完全不同的谈话，其中只有一次谈到了艾滋。它正是一场真正的谈话，一场深信自己与艾滋无关的人们的谈话，而不是台词。但并不意味着完全没有任何规定性，作为牟森的戏剧的一部分的演出，它毕竟不是生活本身，它只有一个小时二十分钟的时间。而在这有限的时间之内，演员必须做好一顿真正能吃的饭，还要不中断地谈话，在生活中，你实际上可以埋头做事，但在这儿你必须说话。这需要严格的规定和精确的设计，实际上在最终，那听起来似乎漫无边际没有中心的谈话，也是经过演员们集体设计的。（棕皮手记：抵达无意义的彼岸的每一步，都是有方法的。这正是现代的方法论的艺术与依靠灵感的认识论的农业社会艺术的区别之一。）

另一个争议是，有关和无关的对抗仍然很弱，在视觉上缺少形而上的东西，从头到尾都是做饭未免单调，牟森最后决定加上一些由金星编的舞蹈，在猪肉和火炉之间跳舞，它确实突出了一种无关的视觉效果。

1994年11月间在北京后园恩寺胡同北京少儿剧团的那些日日夜夜是激动人心的，充满创造性的，戏剧现场已成为一个建筑工地，工人们在搭脚手架，安排火炉的位置，演员们在跳舞、谈话，热烈，严肃，犹如革命前夜的冬宫。牟森脸色由于睡眠不足而发青，他刚刚从消防队回来，获得了在舞台上用火的许可。他的戏剧散发着某种可以称成卡里斯马磁力场的能量，吸引了众多演戏或不演戏的优秀人物。牟森说，那种东西（戏剧）已经死亡了。光辉从他的近视眼镜后面亮起来。在最后的日子，我觉得我获得了某种真正的解放，演出本身对我来说，并不重要了，重要的是，我在这个现场能够作为我本人而存在。其他人的感受也和我相似。吴文光说，我在其中的重要意义是，我被改变了。一个夜晚，我和苏伟穿过空荡荡的北京的大街回家，苏伟一路上大声地兴奋地和我争辩着戏剧里的某个方法。我认识苏伟多年，从未听过他如此大声地为维护自己的观点而争辩。小我十二岁的苏伟是我的云南同乡，中学未毕业就出来谋生。他在我面前一向都是沉默寡言的，他肯定对生活有他个人的看法，但他在大部分时间都是采取一种忍让的态度，他宁愿在很多时候，让人们忽略他"本人"。那个夜晚我不再认识苏伟，不能再以一个年长他十二岁的兄长自居而忽略他本人。我忽然又想到牟森在1993年夏天的观点，戏剧就是教育。

演出于1994年11月29日下午七点开始。前卫艺术在中国仍然是事件而不是传统，我可以肯定，人们大多是为了进入事件而不是进入艺术而来的。人们热衷于在前卫艺术所提供的机会中握手、展示自己的风度，把它处理成一个社交场合，而不去认真地注意艺术家为他们提供的到底是什么。许多人当然是七点半才来，他们并不尊重艺术家牟森，他们像参加党的会议那样姗姗来迟。我后来得知，这些迟到者被坚决地挡在气温 0℃ 以下的门外，感到一种由衷的快意。在这个国家，一个自以为热爱艺术的人对这样的艺术活动都不准时，他们要对什么准时？好像这种活动天天都有似的。从未上过台的人免不了要紧张，我甚至觉得自己双腿都长出了棉花。后来得知，有演员告诫演员说，在台上有些话就不要讲了。呈现"本人"的障碍并未彻底解除。但一切都不可避免地朝那个必然呈现的方向滚动。铃声响了，一出中国戏剧历史上最缺乏美感的丑陋而肮脏的戏剧出现在中国文化中心的舞台上，一群非演员登上了中国神圣的舞台，他们将在这里讲废话，做红烧肉，炸肉丸子。为此，中国当代的戏剧史将再次感激牟森。一个传统的无产而有着高雅的资产阶级欣赏趣味的观众，将在这个夜晚遭受奇耻大辱。我以为它会像《春之祭》首演之夜那样，遭到集体的抗议或退场。然而人们似乎只是在漫不经心中等待它结束。剧终时人们鼓掌，但我听起来感到迷惑，那声音似乎仅仅表示，他们知道或出席了这个事件。在后来，我听到鼓掌的人对我说，这样演谁不能演。当然也有一些真正的观众，素不相识的中年人握着我的手说，人要像你们这样活着，多好。一位加拿大观众谈他的感受说，我害怕了，我不知道你们要干什么。

在第一场，火炉是预先放在舞台上的；在第二场，改为由演员呼着号子抬着上去。在第一场，我由于紧张不敢看台下，但炸肉丸子的工作又消除了我的紧张，我不能紧张了，我的手已被炉膛边的砖烫伤了。在第二场，我和大波商定了一个话题，由他来问我是怎样考上大学的。在第二场，话题讲的是我在北京讲普通话的自卑感。在第二场，演员在剧终和民工一起跟着金星跳起了舞，并走进了观众席。在第二场，我不太紧张了，敢朝台下看了，试图展示一下自己的表演才能，结果效果很差，观众立即看出来了。最后一场，我与田戈兵和贺奕约定，适当的时候我要加入他们的谈话，效果很好。金星勇敢地接受了蒋樾的挑战，没有回避他咄咄逼人的关于金星与艾滋病人的友谊、交往的问题。在演出之前某日，金星拿一本英文的同性恋杂志来让我们看，那杂志全是男同性恋者性活动的清晰而灿烂的画面，我好奇地接过来就热乎乎地看起来，有顷，忽然发现杜可的小摄像机正对着我录像，我下意识地把杂志丢开，用手挡住镜头。后来我很不高兴，对牟森说，这些镜头不能乱用，要得到我的同意，仿佛他拍的是我在做那些事。在最后的演出时，蒋樾把这件事挑出来，当着观众问我，犹如在他家里私下谈话揭老底，我并没有生气，我竟以为这是很正常的，包括看画报和他的提问。戈兵也是一个话不多的人，但在最后一场中，他讲到他做生意的父亲，他们之间的关系，那种说法只会在好朋友之间的谈话中才有可能。

戏剧的传统方向被改变了。它是导演和演员在现场的活动，在这种充满繁殖力的活动中，导演被创造出来，演员被创造出来，剧场被创造出来，台词被创造出来，是演员的日常个性决定着每一场的主角、配角……剧本在最后出现，成为戏剧的历史记录，而且它永远没有定本。戏剧不再是剧本的奴隶，它的文本就是它自身的运动。戏剧的开始就是它被创造出来的开始。它的结束也就是它的创造过程的结束或暂停。在第一场演出和第二场之间不是一次重复的开始，而是暂停。这种戏剧的创作过程是裸露的，可以看见它的进展、转变、擦去、错误和完成的所有过程的戏剧。它像古代的戏剧那样，首先是人的活动，然后才是文字的记录。

1995 年 3 月 14 日于昆明

选自《棕皮手记》

东方出版中心 1997 年版

作家的话 ◈

文学的传统在任何时代或民族中都是一样的。这就是对现存语言秩序，对总体话语的挑战。这种挑战并不意味着一种革命。它仅仅是对一种语言的张力与活力的考验。诗人们总是能找到一种个体的话语，来把这个已经被说过千万次的世界再说上一遍。那些作家个人最优秀的话语，最终会融入传统，成为主流文化的一部分。于是新的挑战又必须开始。真正的文学永远是一种自觉的、根本性的对主流文化的挑战。

《棕皮手记·1990—1991》

推荐者的话 ◈

于坚的《戏剧作为动词，与艾滋有关》记叙了一个戏剧"事件"——尽管作者本人不愿意它只是一个"事件"，但同时他也十分清楚地意识到，"前卫艺术在中国仍然是事件而不是传统，我可以肯定，人们大多是为了进入事件而不是进入艺术而来的"。然而把这个"事件"的过程展示出来，特别是同时把参与者自我的意识和思想过程展示出来，仍然是具有相当的意义的。仿照作者的想法，这篇散文也可以称为"作为动词的散文"。我们不缺少散文，但我们缺少对有意义的过程进行有意义展示的散文。我不知道牟森的这部没有剧本的戏剧作品《与艾滋有关》将以何种方式记录下来，但可以肯定的是，于坚的这篇散文就是这部戏剧的文字记录形式。

张新颖

余 华

一路卖血（《许三观卖血记》节选）

余华，1960 年出生于浙江杭州。1977 年中学毕业后，做了五年的牙医。1983 年进入海盐县文化馆，同时开始文学创作。1989 年调入嘉兴市文联。1984 年起发表文学作品，著有中短篇小说集《十八岁出门远行》《偶然事件》《河边的错误》和长篇小说《在细雨中呼喊》、《活着》和《许三观卖血记》等。其创作常把怪异、荒诞、罪恶、丑陋、宿命等汇于一体，以奇诡的人事情境、冷冽近乎黑色幽默的笔法，诉说一则则荒诞也荒凉的故事，叙述独具魅力，在怪异而精细的感觉传达中，透示着真实的存在图景。20 世纪 90 年代以后叙事风格转向朴素，坚实，具有强烈的民间意识，代表作有《活着》和《许三观卖血记》。兹选全书第二十八章、第二十九章，题目由编者所加。

许三观让二乐躺在家里的床上，让三乐守在二乐的身旁，然后他背上一个蓝底白花的包裹，胸前的口袋里放着两元三角钱，出门去了轮船码头。

　　他要去的地方是上海，路上要经过林浦、北荡、西塘、百里、通元、松林、大桥、安昌门、靖安、黄店、虎头桥、三环洞、七里堡、黄湾、柳村、长宁、新镇。其中林浦、百里、松林、黄店、七里堡、长宁是县城，他要在这六个地方上岸卖血，他要一路卖着血去上海。

　　这一天中午的时候，许三观来到了林浦，他沿着那条穿过城镇的小河走过去，他看到林浦的房屋从河两岸伸出来，一直伸到河水里。这时的许三观解开棉袄的纽扣，让冬天温暖的阳光照在胸前，于是他被岁月晒黑的胸口，又被寒风吹得通红。他看到一处石阶以后，就走了下去，在河水边坐下。河的两边泊满了船只，只有他坐着的石阶这里没有停泊。不久前林浦也下了一场大雪，许三观看到身旁的石缝里镶着没有融化的积雪，在阳光里闪闪发亮。从河边的窗户看进去，他看到林浦的居民都在吃着午饭，蒸腾的热气使窗户上的玻璃白茫茫的一片。

　　他从包裹里拿出了一只碗，将河面上的水刮到一旁，舀起一碗下面的河水，他看到林浦的河水在碗里有些发绿，他喝了一口，冰冷刺骨的河水进入胃里时，使他浑身哆嗦。他用手抹了抹嘴巴后，仰起脖子一口将碗里的水全部喝了下去，然后他双手抱住自己猛烈地抖动了几下。过了一会儿，他觉得胃里的温暖慢慢地回来了，他再舀起一碗河水，再次一口喝了下去，接着他再次抱住自己抖动起来。

坐在河边窗前吃着热气腾腾午饭的林浦居民，注意到了许三观。他们打开窗户，把身体探出来，看着这个年近五十的男人，一个人坐在石阶最下面的那一层上，一碗一碗地喝着冬天寒冷的河水，然后一次一次地在那里哆嗦，他们就说：

"你是谁？你是从哪里来的？没见过像你这么口渴的人，你为什么要喝河里的冷水，现在是冬天，你会把自己的身体喝坏的。你上来吧，到我们家里来喝，我们有烧开的热水，我们还有茶叶，我们给你沏上一壶茶水……"

许三观抬起头对他们笑道：

"不麻烦你们了，你们都是好心人，我不麻烦你们，我要喝的水太多，我就喝这河里的水……"

他们说："我们家里有的是水，不怕你喝，你要是喝一壶不够，我们就让你喝两壶、三壶……"

许三观拿着碗站了起来，他看到近旁的几户人家都在窗口邀请他，就对他们说：

"我就不喝你们的茶水了，你们给我一点盐，我已经喝了四碗水了，这水太冷，我有点喝不下去了，你们给我一点盐，我吃了盐就会又想喝水了。"

他们听了这话觉得很奇怪，他们问：

"你为什么要吃盐？你要是喝不下去了，你就不会口渴。"

许三观说："我没有口渴，我喝水不是口渴……"

他们中间一些人笑了起来，有人说：

"你不口渴，为什么还要喝这么多的水？你喝的还是河里的冷水，你喝这么多河水，到了晚上会肚子疼……"

许三观站在那里，抬着头对他们说：

"你们都是好心人，我就告诉你们，我喝水是为了卖血……"

"卖血？"他们说，"卖血为什么要喝水？"

"多喝水，身上的血就会多起来，身上的血多了，就可以卖掉它两碗。"

许三观说着举起手里的碗拍了拍，然后他笑了起来，脸上的皱纹堆到了一起。他们又问：

"你为什么要卖血？"

许三观回答："一乐病了，病得很重，是肝炎，已经送到上海的大医院去了……"

有人打断他："一乐是谁？"

"我儿子，"许三观说，"他病得很重，只有上海的大医院能治。家里没有钱，我就出来卖血。我一路卖过去，卖到上海时，一乐治病的钱就会有了。"

许三观说到这里，流出了眼泪，他流着眼泪对他们微笑。他们听了这话都怔住了，看着许三观不再说话。许三观向他们伸出了手，对他们说：

"你们都是好心人，你们能不能给我一点盐？"

他们都点起了头，过了一会儿，有几个人给他送来了盐，都是用纸包着的，还有人给他送来了三壶热茶。许三观看着盐和热茶，对他们说：

"这么多盐，我吃不了，其实有了茶水，没有盐我也能喝下去。"

他们说："盐吃不了你就带上，你下次卖血时还用得上。茶水你现在就喝了，你趁热喝下去。"

许三观对他们点点头，把盐放到口袋里，坐回到刚才的石阶上，他这次舀了半碗河水，接着拿起一只茶壶，把里面的热茶水倒在碗里，倒满就一口喝了下去，他抹了抹嘴巴说：

"这茶水真是香。"

许三观接下去又喝了三碗，他们说：

"你真能喝啊。"

许三观不好意思地笑了笑，他站起来说：

"其实我是逼着自己喝下去的。"

然后他看看放在石阶上的三只茶壶，对他们说：

"我要走了，可是我不知道这三只茶壶是谁家的，我不知道应该还给谁。"

他们说："你就走吧，茶壶我们自己会拿的。"

许三观点点头，他向两边房屋窗口的人，还有站在石阶上的人鞠了躬，他说：

"你们对我这么好，我也没什么能报答你们的，我只有给你们鞠躬了。"

然后，许三观来到了林浦的医院，医院的供血室是在门诊部走廊的尽头，一个和李血头差不多年纪的男人坐在一张桌子旁，他的一条胳膊放在桌子上，眼睛看着对面没有门的厕所。许三观看到他穿着的白大褂和李血头的一样脏，许三观就对他说：

"我知道你是这里的血头，你白大褂的胸前和袖管上黑乎乎的，你胸前黑是因为你经常靠在桌子上，袖管黑是你的两条胳膊经常放在桌子上，你和我们那里的李血头一样，我还知道你白大褂的屁股上也是黑乎乎的，你的屁股天天坐在凳子上……"

许三观在林浦的医院卖了血，又在林浦的饭店里吃了一盘炒猪肝，喝了二两黄酒。接下去他走在了林浦的街道上，冬天的寒风吹在他脸上，又灌到了脖子里，他开始知道寒冷了，他觉得棉袄里的身体一下子变冷了，他知道这是卖了血的缘故，他把身上的热气卖掉了。他感到风正从胸口滑下去，一直到腹部，使他肚子里一阵阵抽搐。他就捏紧了胸口的衣领，两只手都捏在那里，那样子就像是拉着自己在往前走。

阳光照耀着林浦的街道，许三观身体哆嗦着走在阳光里。他走过了一条街道，来到了另一条街道上，他看到有几个年轻人靠在一堵洒满阳光的墙壁上，眯着眼睛站在那里晒太阳，他们的手都插在袖管里，他们声音响亮地说着，喊着，笑着。许三观在他们面前站了一会儿，就走到了他们中间，也靠在墙上；阳光照着他，也使他眯起了眼睛。他看到他们都扭过头来看他，他就对他们说：

"这里暖和，这里的风小多了。"

他们点了点头，他们看到许三观缩成一团地靠在墙上，两只手还紧紧抓住衣领，他们互相之间轻声说：

"看到他的手了吗？把自己的衣领抓得这么紧，像是有人要用绳子勒死他，他拼命抓住绳子似的，是不是？"

许三观听到了他们的话，就笑着对他们说：

"我是怕冷风从这里进去。"

许三观说着腾出一只手指了指自己的衣领，继续说：

"这里就像是你们家的窗户，你们家的窗户到了冬天都关上了吧？冬天要是开着窗户，在家里的人会冻坏的。"

他们听了这话哈哈笑起来，笑过之后他们说：

"没见过像你这么怕冷的人，我们都听到你的牙齿在嘴巴里打架了，你还穿着这么厚的棉袄，你看看我们，我们谁都没穿棉袄，我们的衣领都敞开着……"

许三观说："我刚才也敞开着衣领，我刚才还坐在河边喝了八碗河里的冷水……"

他们说："你是不是发烧了？"

许三观说："我没有发烧。"

他们说："你没有发烧？那你为什么说胡话？"

许三观说："我没有说胡话。"

他们说："你肯定发烧了，你是不是觉得很冷？"

许三观点点头说："是的。"

"那你就是发烧了。"他们说，"人发烧了就会觉得冷，你摸摸自己的额头，你的额头肯定很烫。"

许三观看着他们笑，他说："我没有发烧，我就是觉得冷，我觉得冷是因为我卖……"

他们打断他的话，"觉得冷就是发烧，你摸摸额头。"

许三观还是看着他们笑，没有伸手去摸额头，他们催他：

"你快摸一下额头，摸一下你就知道了，摸一下额头又不费什么力气，你为什么不把手抬起来？"

许三观抬起手来，去摸自己的额头，他们看着他，问他：

"是不是很烫？"

许三观摇摇头，"我不知道，我摸不出来，我的额头和我的手一样冷。"

"我来摸一摸。"

有一个人说着走过来，把手放在了许三观的额头上，他对他们说：

"他的额头是很冷。"

另一个人说："你的手刚从袖管里拿出来，你的手热乎乎的，你用你自己的额头去试试。"

那个人就把自己的额头贴到许三观的额头上，贴了一会后，他转过身来摸着自己的额头，对他们说：

"是不是我发烧了？我比他烫多了。"

接着那个人对他们说："你们来试试。"

他们就一个一个走过来，一个挨着一个贴了贴许三观的额头，最后他们同意许三观的话，他们对他说：

"你说得对，你没有发烧，是我们发烧了。"

他们围着他哈哈大笑起来，他们笑了一阵后，有一个人吹起了口哨，另外几个人也吹起了口哨，他们吹着口哨走开去了。许三观看着他们走去，直到他们走远了，看不见了，他们的口哨也听不到了。许三观这时候一个人笑了起来，他在墙根的一块石头上坐下来，他的周围都是阳光，他觉得自己身体比刚才暖和一些了，而抓住衣领的两只手已经冻麻了，他就把手放下来，插到了袖管里。

许三观从林浦坐船到了北荡，又从北荡到了西塘，然后他来到了百里。许三观这时离家已经有三天了，三天前他在林浦卖了血，现在他又要去百里的医院卖血了。在百里，他走在河边的街道上，他看到百里没有融化的积雪在街道两旁和泥浆一样肮脏了，百里的寒风吹在他的脸上，使他觉得自己的脸被吹得又干又硬，像是挂在屋檐下的鱼干。他棉袄的口袋里插着一只喝水的碗，手里拿着一包盐，他吃着盐往前走，嘴里吃咸了，就下到河边的石阶上，舀两碗冰冷的河水喝下去，然后回到街道上，继续吃着盐走去。

这一天下午，许三观在百里的医院卖了血以后，刚刚走到街上，还没有走到医院对面那家饭店，还没有吃下去一盘炒猪肝，喝下去二两黄酒，他就走不动了。他双手抱住自己，在街道中间抖成一团，他的两条腿就像是狂风中的枯枝一样，剧烈地抖着，然后枯枝折断似的，他的两条腿一弯，他的身体倒在了地上。

在街上的人不知道他患了什么病，他们问他，他的嘴巴哆嗦着说不清楚，他们就说把他往医院里送，他们说："好在医院就在对面，走几步路就到了。"有人把他背到了背上，要到医院去，这时候他口齿清楚了，他连着说：

"不、不、不，不去……"

他们说："你病了，你病得很重，我们这辈子都没见过像你这么乱抖的人，我们要把你送到医院去……"

他还是说："不、不、不……"

他们就问他："你告诉我们，你患了什么病？你是急性的病，还是慢性的病？要是急性的病，我们一定要把你送到医院去……"

他们看到他的嘴巴胡乱地动了起来，他说了些什么，他们谁也听不懂，他们问他们：

"他在说些什么？"

他们回答："不知道他在说些什么，别管他说什么了，快把他往医院里送吧。"

这时候他又把话说清楚了，他说：

"我没病。"

他们都听到了这三个字，他们说：

"他说他没有病，没有病怎么还这样乱抖？"

他说："我冷。"

这一次他们也听清楚了，他们说：

"他说他冷，他是不是有冷热病？要是冷热病，送医院也没有用，就把他送到旅馆去，听他的口音是外地人……"

许三观听说他们要把他送到旅馆，他就不再说什么了，让他们把他背到了最近的一家旅馆。他们把他放在了一张床上，那间房里有四张床位，他们就把四条棉被全盖在他的身上。

许三观躺在四条棉被下面，仍然哆嗦不止，躺了一会，他们问：

"身体暖和过来了吧？"

许三观摇了摇头，他上面盖了四条棉被，他们觉得他的头像是隔得很远似的，他们看到他摇头，就说：

"你盖了四条被子还冷，就肯定是冷热病了，这种病一发作，别说是四条被子，就是十条都没用，这不是外面冷了，是你身体里面在冷，这时候你要是吃点东西，你就会觉得暖和一些。"

他们说完这话，看到许三观身上的被子一动一动的，过了一会，许三观的一只手从被子里伸了出来，手上捏着一张一角钱的钞票。许三观对他们说：

"我想吃面条。"

他们就去给他买了一碗面条回来，又帮着他把面条吃了下去。许三观吃了一碗面条，觉得身上有些暖和了，再过了一会儿，他说话也有了力气。许三观就说他用不着四条被子了，他说：

"求你们拿掉两条，我被压得喘不过气来了。"

这天晚上，许三观和一个年过六十的男人住在一起，那人来的时候天已经黑了，他穿着破烂的棉袄，黝黑的脸上有几道被冬天的寒风吹裂的口子，他怀里抱着两头猪崽子走进来，许三观看着他把两头小猪放到床上，小猪吱吱地叫，声音听上去又尖又细，小猪的脚被绳子绑着，身体就在床上抖动，他对它们说：

"睡了，睡了，睡觉了。"

说着他把被子盖在了两头小猪的身上，自己在床的另一头钻到了被窝里。他躺下后看到许三观正看着自己，就对许三观说：

"现在半夜里太冷，会把小猪冻坏的，它们就和我睡一个被窝。"

看到许三观点了点头，他嘿嘿地笑了，他告诉许三观，他家在北荡的乡下，他有两个女儿，三个儿子，两个女儿都嫁了男人，三个儿子还没有娶女人，他还有两个外孙。他到百里来，是来把这两头小猪卖掉，他说：

"百里的价格好，能多卖钱。"

最后他说："我今年六十四岁了。"

"看不出来。"许三观说，"六十四岁了，身体还这么硬朗。"

听了这话，他又是嘿嘿笑了一会儿，他说：

"我眼睛很好，耳朵也听得清楚，身体没有毛病，就是力气比年轻时少了一些，我天天下到田里干活，我干的活和我三个儿子一样多，就是力气不如他们，累了腰会疼……"

他看到许三观盖了两条被子，就对许三观说：

"你是不是病了？你盖了两条被子，我看到你还在哆嗦……"

许三观说："我没病，我就是觉得冷。"

他说："那张床上还有一条被子，要不要我替你盖上？"

许三观摇摇头，"不要了，我现在好多了，我下午刚卖了血的时候，我才真是冷，现在好多了。"

"你卖血了？"他说，"我以前也卖过血，我家老三，就是我的小儿子，十岁的时候动手术，动手术时要给他输血，我就把自己的血卖给了医院，医院又把我的血给了我家老三。卖了血以后就是觉得力气少了很多……"

许三观点点头，他说：

"卖一次、两次的，也就是觉得力气少了一些，要是连着卖血，身上的热气也会跟着少起来，人就觉得冷……"

许三观说着把手从被窝里伸出去，向他伸出三根指头说：

"我三个月卖了三次，每次都卖掉两碗，用他们医院里的话说是四百毫升，我就把身上的力气卖光了，只剩下热气了，前天我在林浦卖了两碗，今天我又卖了两碗，就把剩下的热气也卖掉了……"

许三观说到这里，停了下来，呼呼地喘起了气，来自北荡乡下的那个老头对他说：

"你这么连着去卖血，会不会把命卖掉了？"

许三观说："隔上几天，我到了松林还要去卖血。"

那个老头说："你先是把力气卖掉，又把热气也卖掉，剩下的只有命了，你要是再卖血，你就是卖命了。"

"就是把命卖掉了，我也要去卖血。"

许三观对那个老头说："我儿子得了肝炎，在上海的医院里，我得赶紧把钱筹够了送去，我要是歇上几个月再卖血，我儿子就没钱治病了……"

许三观说到这里休息了一会儿，然后又说：

"我快活到五十岁了，做人是什么滋味，我也全知道了，我就是死了也可以说是赚了。我儿子才只有二十一岁，他还没有好好做人呢，他连个女人都还没有娶，他还没有做过人，他要是死了，那就太吃亏了……"

那个老头听了许三观这番话，连连点头，他说：

"你说得也对，到了我们这把年纪，做人已经做全了……"

这时候那两头小猪吱吱地叫上了，那个老头对许三观说：

"我的脚刚才碰着它们了……"

他看到许三观还在被窝里哆嗦，就说：

"我看你的样子是城里人，你们城里人都爱干净，我们乡下人就没有那么讲究，我是说……"

他停顿了一下后继续说："我是说，如果你不嫌弃，我就把这两头小猪放到你被窝里来，给你暖暖被窝。"

许三观点点头说："我怎么会嫌弃呢？你心肠真是好，你就放一头小猪过来，一头就够了。"

老头就起身抱过去了一头小猪，放在许三观的脚旁。那头小猪已经睡着了，一点声音都没有，许三观把自己冰冷的脚往小猪身上放了放，刚放上去，那头小猪就吱吱地乱叫起来，在许三观的被窝里抖成一团。老头听到了，有些过意不去，他问：

"你这样能睡好吗？"

许三观说："我的脚太冷了，都把它冻醒了。"

老头说："怎么说猪也是畜生，不是人，要是人就好了。"

许三观说："我觉得被窝里有热气了，被窝里暖和多了。"

四天以后，许三观来到了松林，这时候的许三观面黄肌瘦，四肢无力，头晕脑涨，眼睛发昏，耳朵里始终有着嗡嗡的声响，身上的骨头又酸又疼，两条腿迈出去时似乎是在飘动。

松林医院的血头看到站在面前的许三观，没等他把话说完，就挥挥手要他出去，这个血头说：

"你撒泡尿照照自己，你脸上黄得都发灰了，你说话时都要喘气，你还要来卖血，我说你赶紧去输血吧。"

许三观就来到医院外面，他在一个没有风、阳光充足的角落里坐了有两个小时，让阳光在他脸上，在他身上照耀着。当他觉得自己的脸被阳光晒烫了，他起身又来到了医院的供血室，刚才的血头看到他进来，没有把他认出来，对他说：

"你瘦得皮包骨头，刮大风时你要是走在街上，你会被风吹倒的，可是你脸色不错，黑红黑红的，你想卖多少血？"

许三观说："两碗。"

许三观拿出插在口袋里的碗给那个血头看，血头说：

"这两碗放足了能有一斤米饭，能放多少血我就不知道了。"

许三观说："四百毫升。"

血头说："你走到走廊那一头去，到注射室去，让注射室的护士给你抽血……"

一个戴着口罩的护士，在许三观的胳膊上抽出了四百毫升的血以后，看到许三观摇晃着站起来，他刚刚站直了就倒在了地上。护士惊叫了一阵以后，他们把他送到了急诊室，急诊室的医生让他们把他放在床上，医生先是摸摸许三观的额头，又捏住许三观手腕上的脉搏，再翻开许三观的眼皮看了看，最后医生给许三观量血压了，医生看到许三观的血压只有六十和四十，就说：

"给他输血。"

于是许三观刚刚卖掉的四百毫升血，又回到了他的血管里。他们又给他输了三百毫升别人的血以后，他的血压才回升到了一百和六十。

许三观醒来后，发现自己躺在医院里，他吓了一跳，下了床就要往医院外跑，他们拦住他，对他说虽然血压正常了，可他还要在医院里观察一天，因为医生还没有查出来他的病因。许三观对他们说：

"我没有病，我就是卖血卖多了。"

他告诉医生，一个星期前他在林浦卖了血，四天前又在百里卖了血。医生听得目瞪口呆，把他看了一会儿后，嘴里说了一个成语：

"亡命之徒。"

许三观说："我不是亡命之徒，我是为了儿子……"

医生挥挥手说："你出院吧。"

松林的医院收了许三观七百毫升血的钱，再加上急诊室的费用，许三观两次卖血挣来的钱，一次就付了出去。许三观就去找到说他是亡命之徒的那个医生，对他说：

"我卖给你们四百毫升血，你们又卖给我七百毫升血，我自己的血收回来，我也就算了，别人那三百毫升的血我不要，我还给你们，你们收回去。"

医生说："你在说什么？"

许三观说："我要你们收回去三百毫升的血……"

医生说："你有病……"

许三观说："我没有病，我就是卖血卖多了觉得冷，现在你们卖给了我七百毫升，差不多有四碗血，我现在一点都不觉得冷了，我倒是觉得热，热得难受，我要还给你们三百毫升血……"

医生指指自己的脑袋说："我是说你有神经病。"

许三观说："我没有神经病，我只是要你们把不是我的血收回去……"

许三观看到有人围了上来，就对他们说：

"买卖要讲个公道，我把血卖给他们，他们知道，他们把血卖给我，我一点都不知道……"

那个医生说："我们是救你命，你都休克了，要是等着让你知道，你就没命了。"

许三观听了这话，点了点头说：

"我知道你们是为了救我，我现在也不是要把七百毫升的血都还给你们，我只要你们把别人的三百毫升血收回去，我许三观都快五十岁了，这辈子没拿过别人的东西……"

许三观说到这里，发现那个医生已经走了，他看到旁边的人听了他的话都哈哈笑，许三观知道他们都是在笑话他，他就不说话了，他在那里站了一会儿，然后他转身走出了松林的医院。

那时候已是傍晚，许三观在松林的街上走了很长时间，一直走到河边，栏杆挡住了他的去路后，他才站住脚。他看到河水被晚霞映得通红，有一行拖船长长地驶了过来，柴油机突突地响着，从他眼前驶了过去，拖船掀起的浪花一层一层地冲向了河岸，在石头砌出来的河岸上响亮地拍打过去。

他这么站了一会儿，觉得寒冷起来了，就蹲下去靠着一棵树坐了下来。坐了一会儿，他从胸口把所有的钱都拿出来，他数了数，只有三十七元四角钱，他卖了三次血，到头来只有一次的钱，然后他将钱叠好了，放回到胸前的口袋里。这时他觉得委屈了，泪水就流出了眼眶，寒风吹过来，把他的眼泪吹落在地，所以当他伸手去擦眼睛时，没有擦到泪水。他坐了一会儿以后，站起来继续往前走。他想到去上海还有很多路，还要经过大桥、安昌门、靖安、黄店、虎头桥、三环洞、七里堡、黄湾、柳村、长宁和新镇。

在以后的旅程里，许三观没有去坐客轮，他计算了一下，从松林到上海还要花掉三元六角的船钱，他两次的血白卖了，所以他不能再乱花钱了，他就搭上了一条装满蚕茧的水泥船，摇船的是兄弟两人，一个叫来喜，另一个叫来顺。

许三观是站在河边的石阶上看到他们的，当时来喜拿着竹篙站在船头，来顺在船尾摇着橹，许三观在岸上向他们招手，问他们去什么地方，他们说去七里堡，七里堡有一家丝厂，他们要把蚕茧卖到那里去。

许三观就对他们说："你们和我同路，我要去上海，你们能不能把我捎到七里堡……"

许三观说到这里时，他们的船已经摇过去了，于是许三观在岸上一边追着一边说：

"你们的船再加一个人不会觉得沉的，我上了船能替你们摇橹，三个人换着摇橹，总比两个人换着轻松，我上了船还会交给你们伙食的钱，我和你们一起吃饭，三个人吃饭比两个人吃省钱，也就是多吃两碗米饭，菜还是两个人吃的菜……"

摇船的兄弟两人觉得许三观说得有道理，就将船靠到了岸上，让他上了船。

许三观不会摇橹，他接过来顺手中的橹，才摇了几下，就将橹掉进了河里，在船头的来喜急忙用竹篙将船撑住，来顺扑在船尾，等橹漂过来，伸手抓住它，把橹拿上来以后，来顺指着许三观就骂：

"你说你会摇橹，你他妈的一摇就把橹摇到河里去了，你刚才还说会什么？你说你会这个，又会那个，我们才让你上了船，你刚才说你会摇橹，还会什么来着？"

许三观说："我还说和你们一起吃饭，我说三个人吃比两个人省钱……"

"他妈的。"来顺骂了一声，他说，"吃饭你倒真是会吃。"

在船头的来喜哈哈地笑起来，他对许三观说：

"你就替我们做饭吧。"

许三观就来到船头，船头有一个砖砌的小炉灶，上面放着一只锅，旁边是一捆木柴，许三观就在船头做起了饭。

到了晚上，他们的船靠到岸边，揭开船头一个铁盖，来顺和来喜从盖口钻进了船舱，兄弟两人抱着被子躺了下来，他们躺了一会，看到许三观还在外面，就对他说：

"你快下来睡觉。"

许三观看看下面的船舱，比一张床还小，就说：

"我不挤你们了，我就在外面睡。"

来喜说："眼下是冬天，你在外面睡会冻死的。"

来顺说："你冻死了，我们也倒霉。"

"你下来吧。"来喜又说，"都在一条船上了，就要有福同享。"

许三观觉得外面确实是冷，想到自己到了黄店还要卖血，不能冻病了，他就钻进了船舱，在他们两人中间躺了下来，来喜将被子的一个角拉过去给他，来顺也将被子往他那里扯了扯，许三观就盖着他两个人的被子，睡在了船舱里。许三观对他们说：

"你们兄弟两人，来喜说出来的话，每一句都比来顺的好听。"

兄弟俩听了许三观的话，都嘿嘿笑了几声，然后两个人的鼾声同时响了起来。许三观被他们挤在中间，他们两个人的肩膀都压着他的肩膀，过了一会儿他们的腿也架到了他的腿上，再过一会儿他们的胳膊放到他胸口了。许三观就这样躺着，被两个人压着，他听到河水在船外流动。声音极其清晰，连水珠溅起的声音都能听到，许三观觉得自己就像是睡在河水中间。河水在他的耳旁唰唰地流过去，使他很长时间睡不着，于是他就去想一乐，一乐在上海的医院里不知道怎么样了？他还去想了许玉兰，想了躺在家里的二乐和守护着二乐的三乐。

许三观在窄小的船舱里睡了几个晚上，就觉得浑身的骨头又酸又疼，白天他就坐在船头，捶着自己的腰，捏着自己的肩膀，还把两条胳膊甩来甩去的，来喜看到他的样子，就对他说：

"船舱里地方小，你晚上睡不好。"

来顺说："他老了，他身上的骨头都硬了。"

许三观觉得自己是老了，不能和年轻的时候比了，他说：

"来顺说得对，不是船舱地方小，是我老了，我年轻的时候，别说是船舱了，墙缝里我都能睡。"

他们的船一路下去，经过了大桥，经过了安昌门，经过了靖安，下一站就是黄店了。这几天阳光一直照耀着他们，冬天的积雪在两岸的农田里，在两岸农舍的屋顶上时隐时现，农田显得很清闲，很少看到有人在农田里劳作，倒是河边的道路上走着不少人，他们都挑着担子或者挎着篮子，大声说着话走去。

几天下来，许三观和来喜兄弟相处得十分融洽，来喜兄弟告诉许三观，他们运送这一船蚕茧，也就是十来天工夫，能赚六元钱，兄弟俩每人有三元。许三观就对他们说：

"还不如卖血，卖一次血能挣三十五元……"

他说："这身上的血就是井里的水，不会有用完的时候……"

许三观把当初阿方和根龙对他说的话，全说给他们听了，来喜兄弟听完了他的话，问他：

"卖了血以后，身体会不会败掉？"

"不会。"许三观说，"就是两条腿有点发软，就像是刚从女人身上下来似的。"

来喜兄弟嘿嘿地笑，看到他们笑，许三观说：

"你们明白了吧？"

来喜摇摇头，来顺说：

"我们都还没上过女人身体，我们就不知道下来是怎么回事。"

许三观听说他们还没有上过女人身体，也嘿嘿地笑了，笑了一会儿，他说：

"你们卖一次血就知道了。"

来顺对来喜说："我们去卖一次血吧，把钱挣了，还知道从女人身上下来是怎么回事，这一举两得的好事为什么不做？"

他们到了黄店，来喜兄弟把船绑在岸边的木桩上，就跟着许三观上医院去卖血了。走在路上，许三观告诉他们：

"人的血有四种，第一种是O，第二种是AB，第三种是A，第四种是B……"

来喜问他："这几个字怎么写？"

许三观说："这都是外国字，我不会写，我只会写第一种O，就是画一个圆圈，我的血就是一个圆圈。"

许三观带着来喜兄弟走在黄店的街上，他们先去找到医院，然后来到河边的石阶上，许三观拿出插在口袋里的碗，把碗给了来喜，对他说：

"卖血以前要多喝水，水喝多了身上的血就淡了，血淡了，你们想想，血是不是就多了？"

来喜点着头接过许三观手里的碗，问许三观：

"要喝多少？"

许三观说："八碗。"

"八碗？"来喜吓了一跳，他说，"八碗喝下去，还不把肚子撑破了。"

许三观说："我都能喝八碗，我都快五十了，你们两个人的年龄加起来还不到我的年龄，你们还喝不了八碗？"

来顺对来喜说："他都能喝八碗，我们还不喝他个九碗十碗的？"

"不行，"许三观说，"最多只能喝八碗，再一多，你们的尿肚子就会破掉，就会和阿方一样……"

他们问："阿方是谁？"

许三观说："你们不认识，你们快喝吧，每人喝一碗，轮流着喝……"

来喜蹲下去舀了一碗河水上来，他刚喝下去一口，就用手捂着胸口叫了起来：

"太冷了，冷得我肚子里都在打抖了。"

来顺说："冬天时的河水肯定很冷，把碗给我，我先喝。"

来顺也是喝了一口后叫了起来：

"不行，不行，太冷了，冷得我受不了。"

许三观这才想起来，还没有给他们吃盐，他从口袋里掏出了盐，递给他们：

"你们先吃盐，先把嘴吃咸了，嘴里一咸，就什么水都能喝了。"

来喜兄弟接过去盐吃了起来，吃了一会儿，来喜说他能喝水了，就舀起一碗河水，他咕咚咕咚连喝了三口，接着冷得在那里哆嗦了，他说：

"嘴里一咸是能多喝水。"

他接着又喝了几口，将碗里的水喝干净后，把碗交给了来顺，自己抱着肩膀坐在一旁打抖。来顺一下子喝了四口，张着嘴叫唤了一阵子冷什么的，才把碗里剩下的水喝了下去。许三观拿过他手里的碗，对他们说：

"还是我先喝吧，你们看着点，看我是怎么喝的。"

来喜兄弟坐在石阶上，看着许三观先把盐倒在手掌上，然后手掌往张开的嘴里一拍，把盐全拍进了嘴里，他的嘴巴一动一动的，嘴里吃咸了，他就舀起一碗水，一口喝了下去，紧接着又舀起一碗水，也是一口喝干净。他连喝了两碗河水以后，放下碗，又把盐倒在手掌上，然后拍进嘴里。就这样，许三观吃一次盐，喝两碗水，中间都没有哆嗦一下，也不去抹掉挂在嘴边的水珠。当他将第八碗水喝下去后，他才伸手去抹了抹嘴，然后双手抱住自己的肩膀，身体猛烈地抖了几下，接着他连着打了几个嗝，打完嗝，他又连着打了三个喷嚏，打完喷嚏，他转过身来对来喜兄弟说：

"我喝足了，你们喝。"

来喜兄弟都只喝了五碗水，他们说：

"不能喝了，再喝肚子里就要结冰了。"

许三观心想一口吃不成个大胖子，他们第一次就能喝下去五碗冰冷的河水已经不错了，他就站起来，带着他们去医院。到了医院，来喜和来顺先是验血，他们兄弟俩也是 O 型血，和许三观一样，这使许三观很高兴，他说：

"我们三个人都是圆圈血。"

在黄店的医院卖了血以后，许三观把他们带到了一家在河边的饭店，许三观在靠窗的座位坐下，来喜兄弟坐在他的两边，许三观对他们说：

"别的时候可以省钱，这时候就不能省钱了，你们刚刚卖了血，两条腿是不是发软了？"

许三观看到他们在点头，"从女人身上下来时就是这样，两条腿软了，这时候要吃一盘炒猪肝，喝二两黄酒，猪肝是补血，黄酒是活血……"

许三观说这话时身体有些哆嗦，来顺对他说：

"你在哆嗦，你从女人身上下来时除了腿软，是不是还要哆嗦？"

许三观嘿嘿笑了几下，他看着来喜说：

"来顺说得也有道理，我哆嗦是连着卖血……"

许三观说着将两个食指叠到一起，做出一个十字，继续说：

"十天来我卖血卖了四次，就像一天里从女人身上下来四次，这时候就不只是腿软了，这时候人会觉得一阵阵发冷……"

许三观看到饭店的伙计正在走过来，就压低声音说：

"你们都把手放到桌子上面来，不要放在桌子下面，像是从来没有进过饭店似的，要装出经常进饭店喝酒的样子，都把头抬起来，胸膛也挺起来，要做出一副神气活现的样子，点菜时手还要敲着桌子，声音要响亮，这样他们就不敢欺负我们，菜的分量就不会少，酒里面也不会掺水，伙计来了，你们就学着我说话。"

伙计来到他们面前，问他们要什么，许三观这时候不哆嗦了，他两只手的手指敲着桌子说：

"一盘炒猪肝，二两黄酒……"

说到这里他的右手拿起来摇了两下，说：

"黄酒给我温一温。"

伙计说一声知道了，又去问来顺要什么，来顺用拳头敲着桌子，把桌子敲得都摇晃起来，来顺响亮地说：

"一盘炒猪肝，二两黄酒……"

下面该说什么，来顺一下子想不起来了，他去看许三观，许三观扭过头去，看着来喜，这时伙计去问来喜了，来喜倒是用手指在敲着桌子，可是他回答时的声音和来顺一样响亮：

"一盘炒猪肝，二两黄酒……"

下面是什么话，他也忘了，伙计就问他们：

"黄酒要不要温一温？"

来喜兄弟都去看许三观，许三观就再次把右手举起来摇了摇，他神气十足地替这兄弟俩回答：

"当然。"

伙计走开后，许三观低声对他们说：

"我没让你们喊叫，我只是要你们声音响亮一些，你们喊什么？这又不是吵架。来顺，你以后要用手指敲桌子，你用拳头敲，桌子都快被你敲坏了。还有，最后那句话千万不能忘，黄酒一定要温一温，说了这句话，别人一听就知道你们是经常进出饭店的，这句话是最重要的。"

他们吃了炒猪肝，喝了黄酒以后，回到了船上，来喜解开缆绳，又用竹篙将船撑离河岸，来顺在船尾摇着橹，将船摇到河的中间，来顺说了声：

"我们要去虎头桥了。"

然后他身体前仰后合地摇起了橹，橹桨发出吱哩吱哩的声响，劈进河水里，又从河水里跃起。许三观坐在船头，坐在来喜的屁股后面，看着来喜手里横着竹篙站着，船来到桥下时，来喜用竹篙撑住桥墩，让船在桥洞里顺利地通过。

这时候，已经是下午了，阳光照在身上不再发烫，他们的船摇离黄店时，开始刮风了，风将岸边的芦苇吹得哗啦哗啦响。许三观坐在船上，觉得身上一阵阵地发冷，他双手裹住棉袄，在船头缩成一团。摇橹的来顺就对他说：

"你下到船舱里去吧，你在上面也帮不了我们，你还不如下到船舱里去睡觉。"

来喜也说："你下去吧。"

许三观看到来顺在船尾呼哧呼哧地摇着橹，还不时伸手擦一下脸上的汗水，那样子十分起劲，许三观就对他说：

"你卖了两碗血，力气还这么多，一点都看不出你卖过血了。"

来顺说："刚开始有些腿软，现在我腿一点都不软了，你问问来喜，他腿软不软？"

"早软过啦。"来喜说。

来顺就对来喜说："到了七里堡，我还要去卖掉它两碗血，你卖不卖？"

来喜说："卖，有三十五元钱呢。"

许三观对他们说："你们到底是年轻，我不行了，我老了，我坐在这里浑身发冷，我要下到船舱里去了。"

许三观说着揭开船头的舱盖，钻进了船舱，盖上被子躺在了那里，没有多久，他就睡着了。等他一觉醒来时，天已经黑了，船停靠在了岸边。他从船舱里出来，看到来喜兄弟站在一棵树旁，通过月光，他看到他们两个人正嗨唷嗨唷地叫唤着，他们将一根手臂那么粗的树枝从树上折断下来，折断后他们觉得树枝过长，就把它踩到脚下，再折断它一半，然后拿起粗的那一截，走到船边，来喜将树枝插在地上，握住了，来顺搬来了一块大石头，举起来打下去，打了有五下，将树枝打进了地里，只露出手掌那么长的一截，来喜从船上拉过去缆绳，绑在了树枝上。

他们看到许三观已经站在了船头，就对他说：

"你睡醒了。"

许三观举目四望，四周一片黑暗，只有远处有一些零星的灯火，他问他们：

"这是什么地方？"

来喜说："不知道是什么地方，还没到虎头桥。"

他们在船头生火做饭，做完饭，他们就借着月光，在冬天的寒风里将热气腾腾的饭吃了下去。许三观吃完饭，觉得身上热起来了，他说：

"我现在暖和了，我的手也热了。"

他们三个人躺到了船舱里，许三观还是睡在中间，盖着他们两个人的被子，他们的身体紧贴着他的身体，三个人挤在一起，来喜兄弟很高兴，白天卖血让他们挣了三十五元钱，他们突然觉得挣钱其实很容易，他们告诉许三观，他们以后不摇船了，以后把田地里的活干完后，不再去摇船挣钱了，摇船太苦太累，要挣钱他们就去卖血。来喜说：

"这卖血真是一件好事，挣了钱不说，还能吃上一盘炒猪肝，喝上黄酒，平日里可不敢上饭店去吃这么好吃的炒猪肝。到了七里堡，我们再去卖血。"

"不能卖了，到了七里堡不能再卖了。"许三观摆摆手。

他说："我年轻的时候也这样想，我觉得这身上的血就是一棵摇钱树，没钱了，缺钱了，摇一摇，钱就来了。其实不是这样，当初带着我去卖血的有两个人，一个叫阿方，一个叫根龙，如今阿方身体败掉了，根龙卖血卖死了。你们往后不要常去卖血，卖一次要歇上三个月，除非急着要用钱，才能多卖几次，连着去卖血，身体就会败掉。你们要记住我的话，我是过来人……"

许三观两只手伸开去拍拍他们两个人，继续说：

"我这次出来，在林浦卖了一次；隔了三天，我到百里又去卖了一次；隔了四天，我在松林再去卖血时，我就晕倒了，医生说我是休克了，就是我什么都不知道了，医生给我输了七百毫升的血，再加上抢救我的钱，我两次的血都白卖了，到头来我是买血了。在松林，我差一点死掉……"

许三观说到这里叹了一口气，他说：

"我连着卖血是没有办法，我儿子在上海的医院里，病得很重，我要筹足了钱给他送去，要是没钱，医生就会不给我儿子打针吃药。我这么连着卖血，身上的血是越来越淡，不像你们，你们现在身上的血，一碗就能顶我两碗的用途。本来我还想在七里堡，在长宁再卖它两次血，现在我不敢卖了，我要是再卖血，我的命真会卖掉了……

"我卖血挣了有七十元了，七十元给我儿子治病肯定不够，我只有到上海再想别的办法，可是在上海人生地不熟的……"

这时来喜说："你说我们身上的血比你的浓？我们的血一碗能顶你两碗？我们三个人都是圆圈血，到了七里堡，你就买我们的血，我们卖给你一碗，你不就能卖给医院两碗了吗？"

许三观心想他说得很对，就是……他说：

"我怎么能收你们的血？"

来喜说："我们的血不卖给你，也要卖给别人……"

来顺接过去说："卖给别人，还不如卖给你，怎么说我们也是朋友了。"

许三观说："你们还要摇船，你们要给自己留着点力气。"

来顺说："我卖了血以后，力气一点都没少。"

"这样吧，"来喜说，"我们少卖掉一些力气，我们每人卖给你一碗血。你买了我们两碗血，到了长宁你就能卖出去四碗了。"

听了来喜的话，许三观笑了起来，他说：

"最多只能一次卖两碗。"

然后他说："为了我儿子，我就买你们一碗血吧，两碗血我也买不起。我买了你们一碗血，到了长宁我就能卖出去两碗，这样我也挣了一碗血的钱。"

许三观话音未落，他们两个人鼾声就响了起来，他们的腿又架到了他的身上，他们使他腰酸背疼，使他被压着喘气都费劲，可是他觉得非常暖和，两个年轻人身上热气腾腾。他就这么躺着，风在船舱外呼啸着，将船头的尘土从盖口吹落进来，散在他的脸上和身上。他的目光从盖口望出去，看到天空里有几颗很淡的星星，他看不到月亮，但是他看到了月光，月光使天空显得十分寒冷，他那么看了一会儿，闭上了眼睛，他听到河水敲打着船舷，就像是在敲打着他的耳朵。过了一会儿，他也睡着了。

五天以后，他们到了七里堡，七里堡的丝厂不在城里，是在离城三里路的地方，所以他们先去了七里堡的医院。来到了医院门口，来喜兄弟就要进去，许三观说：

"我们先不进去，我们知道医院在这里了，我们先去河边……"

他对来喜说："来喜，你还没有喝水呢。"

来喜说："我不能喝水，我把血卖给你，我就不能喝水。"

许三观伸手拍了一下自己的脑袋，他说：

"看到医院，我就想到要喝水，我都没去想你这次是卖给我……"

许三观说到这里停住了，他对来喜说：

"你还是去喝几碗水吧，俗话说亲兄弟明算账，我不能占你的便宜。"

来顺说："这怎么叫占便宜？"

来喜说："我不能喝水，换成你，你也不会喝水。"

许三观心想也是，要是换成他，他确实也不会去喝水，他对来喜说：

"我说不过你，我就依你了。"

他们三个人来到医院的供血室，七里堡医院的血头听他们说完话，伸出手指着来喜说：

"你把血卖给我……"

他再去指许三观，"我再把你的血卖给他？"

看到许三观他们都在点头，他嘿嘿笑了，他指着自己的椅子说：

"我在这把椅子上坐了十三年了，到我这里来卖血的人有成千上万，可是卖血的和买血的一起来，我还是第一次遇上……"

来喜说："说不定你今年要走运了，这样难得的事让你遇上了。"

"是啊，"许三观接着说，"这种事别的医院也没有过，我和来喜不是一个地方的人，我们碰巧遇上了，碰巧他要卖血，我要买血，这么碰巧的事又让你碰巧遇上了，你今年肯定要走运了……"

七里堡的血头听了他们的话，不由点了点头，他说：

"这事确实很难遇上，我遇上了说不定还真是要走运了……"

接着他又摇了摇头："不过也难说，说不定今年是灾年了，他们都说遇上怪事就是灾年要来了，你们听说过没有？青蛙排着队从大街上走过去，下雨时掉下来虫子，还有母鸡报晓什么的，这些事里面只要遇上一件，这一年肯定是灾年了……"

许三观和来喜兄弟与七里堡的血头说了有一个多小时，那个血头才让来喜去卖血，又让许三观去买了来喜的血。然后，他们三个人从医院里出来，许三观对来喜说：

"来喜，我们陪你去饭店吃一盘炒猪肝，喝二两黄酒。"

来喜摇摇头说："不去了，才卖了一碗血，舍不得吃炒猪肝，也舍不得喝黄酒。"

许三观说："来喜，这钱不能省，你卖掉的是血，不是汗珠子，要是汗珠子，喝两碗水下去就补回来了，这血一定要靠炒猪肝才能补回来，你要去吃，听我的话，我是过来人……"

来喜说："没事的，不就是从女人身上下来吗？要是每次从女人身上下来都要去吃炒猪肝，谁吃得起？"

许三观连连摇头，"这卖血和从女人身上下来还是不一样……"

来顺说："一样。"

许三观对来顺说："你知道什么？"

来顺说："这话是你说的。"

许三观说："是我说的，我是瞎说……"

来喜说："我现在身体好着呢，就是腿有点软，像是走了很多路，歇一会儿，腿就不软了。"

许三观说："听我的话，你要吃炒猪肝……"

他们说着话，来到了停在河边的船旁，来顺先跳上船，来喜解开了绑在木桩上的缆绳后也跳了上去，来喜站在船头对许三观说：

"我们要把这一船蚕茧送到丝厂去，我们不能再送你了，我们家在通元乡下的八队，你以后要是有事到通元，别忘了来我们家做客，我们算是朋友了。"

许三观站在岸上，看着他们两兄弟将船撑了出去，他对来顺说：

"来顺，你要照顾好来喜，你别看他一点事都没有，其实他身体里虚着呢，你别让他太累，你就自己累一点吧，你别让他摇船，你要是摇不动了，你就把船靠到岸边歇一会儿，别让来喜和你换手……"

来顺说："知道啦。"

他们已经将船撑到了河的中间，许三观又对来喜说：

"来喜，你要是不肯吃炒猪肝，你就要好好睡上一觉，俗话说吃不饱饭睡觉来补，睡觉也能补身体……"

来喜兄弟摇着船离去了，很远了他们还在向许三观招手，许三观也向他们招手，直到看不见他们了，他才转过身来，沿着石阶走上去，走到了街上。

这天下午，许三观也离开了七里堡，他坐船去了长宁，在长宁他卖了四百毫升的血以后，他不再坐船了，长宁到上海有汽车，虽然汽车比轮船贵了很多钱，他还是上了汽车，他想快些见到一乐，还有许玉兰，他数着手指算了算，许玉兰送一乐去上海已经有十五天了，不知道一乐的病是不是好多了。他坐上了汽车，汽车一启动，他心里就咚咚地乱跳起来。

许三观早晨离开长宁，到了下午，他来到了上海，他找到给一乐治病的医院时，天快黑了，他来到一乐住的病房，看到里面有六张病床，其中五张床上都有人躺着，只有一张床空着，许三观就问他们：

"许一乐住在哪里？"

他们指着空着的床说："就在这里。"

许三观当时脑袋里就嗡嗡乱叫起来，他马上想到根龙，根龙死的那天早晨，他跑到医院去，根龙的床空了，他们说根龙死了。许三观心想一乐是不是也已经死了，这么一想，他站在那里就哇哇地哭了起来，他的哭声就像喊叫那样响亮，他的两只手轮流着去抹眼泪，把眼泪往两边甩去，都甩到了别人的病床上。这时候他听到后面有人喊他：

"许三观，许三观你总算来啦……"

听到这个声音，他马上不哭了，他转过身去，看到了许玉兰，许玉兰正扶着一乐走进来。许三观看到他们后，就破涕为笑了，他说：

"一乐没有死掉，我以为一乐死掉了。"

许玉兰说："你胡说什么，一乐好多了。"

一乐看上去确实好多了，他都能下地走路了，一乐躺到床上后，对许三观笑了笑，叫了一声：

"爹。"

许三观伸手去摸了摸一乐的肩膀，对一乐说：

"一乐，你好多了，你的脸色也不发灰了，你说话声音也响了，你看上去有精神了，你的肩膀还是这么瘦。一乐，我刚才进来看到你的床空了，我就以为你死了……"

说着许三观的眼泪又流了下来，许玉兰推推他：

"许三观，你怎么又哭了？"

许三观擦了擦眼泪对她说：

"我刚才哭是以为一乐死了，现在哭是看到一乐还活着……"

这一天，许三观走在街上，他头发白了，牙齿掉了七颗，不过他眼睛很好，眼睛看东西还像过去一样清楚，耳朵也很好，耳朵可以听得很远。

这时的许三观已是年过六十了，他的两个儿子一乐和二乐，在八年前和六年前已经抽调回城，一乐在食品公司工作，二乐在米店旁边的一家百货店里当售货员。一乐、二乐、三乐都在几年前娶妻生子，然后搬到别处去居住了。到了星期六，三个儿子才携妻带子回到原先的家中。

现在的许三观不用再负担三个儿子的生活，他和许玉兰挣的钱就他们两个人花，他们不再有缺钱的时候，他们身上的衣服也没有了补丁，他们的生活就像许三观现在的身体，许三观逢人就说：

"我身体很好。"

所以，这一天许三观走在街上时，脸上挂满了笑容，笑容使他脸上的皱纹像河水一样波动起来，阳光照在他脸上，把皱纹里面都照亮了。他就这么独自笑着走出了家门，走过许玉兰早晨炸油条的小吃店；走过了二乐工作的百货店；走过了电影院，就是从前的戏院；走过了城里的小学；走过了医院；走过了五星桥；走过了钟表店；走过了肉店；走过了天宁寺；走过了一家新开张的服装店；走过了两辆停在一起的卡车；然后，他走过了胜利饭店。

许三观走过胜利饭店时，闻到了里面炒猪肝的气息，从饭店厨房敞开的窗户里飘出来，和油烟一起来到。这时许三观已经走过去了，炒猪肝的气息拉住了他的脚，他站在那里，张开鼻孔吸着，他的嘴巴也和鼻孔一起张开来。

于是，许三观就很想吃一盘炒猪肝，很想喝二两黄酒，这样的想法越来越强烈，他就很想去卖一次血了。他想起了过去的日子，与阿方和根龙坐在靠窗的桌前，与来喜和来顺坐在黄店的饭店，手指敲着桌子，声音响亮，一盘炒猪肝，二两黄酒，黄酒要温一温……许三观在胜利饭店门口站了差不多有五分钟，然后他决定去医院卖血了，他就转身往回走去。他已经有十一年没有卖血了，今天他又要去卖血，今天是为他自己卖血，为自己卖血他还是第一次，他在心里想：以前吃炒猪肝喝黄酒是因为卖了血，今天反过来了，今天是为吃炒猪肝喝黄酒才去卖血。他这么想着走过了两辆停在一起的卡车；走过了那家新开张的服装店；走过了天宁寺；走过了肉店；走过了钟表店；走过了五星桥，来到了医院。

坐在供血室桌子后面的已经不是李血头，而是一个看上去还不满三十的年轻人。年轻的血头看到头发花白、四颗门牙掉了三颗的许三观走进来，又听到他说自己是来卖血时，就伸手指着许三观：

"你来卖血？你这么老了还要卖血？谁会要你的血？"

许三观说："我年纪是大了，我身体很好，你别看我头发白了，牙齿掉了，我眼睛一点都不花，你额头上有一颗小痣，我都看得见，我耳朵也一点不聋，我坐在家里，街上的人说话声音再小我也听得到……"

年轻的血头说："你的眼睛，你的耳朵，你的什么都和我没关系，你把身体转过去，你给我出去。"

许三观说："从前的李血头可是从来都不像你这么说话……"

年轻的血头说："我不姓李，我姓沈，我沈血头从来就是这样说话。"

许三观说："李血头在的时候，我可是常到这里来卖血……"

年轻的血头说："现在李血头死了。"

许三观说："我知道他死了，三年前死的，我站在天宁寺门口，看着火化场的拉尸车把他拉走的……"

年轻的血头说："你快走吧，我不会让你卖血的，你都老成这样了，你身上死血比活血多，没人会要你的血，只有油漆匠会要你的血……"

年轻的血头说到这里嘿嘿笑了起来，他指着许三观说：

"你知道吗？为什么只有油漆匠会要你的血？家具做好了，上油漆之前要刷一道猪血……"

说着年轻的血头哈哈大笑起来，他接着说：

"明白吗？你的血只配往家具上刷，所以你出了医院往西走，不用走太远，就是在五星桥下面，有一个姓王的油漆匠，很有名的，你把血去卖给他吧，他会要你的血。"

许三观听了这些话，摇了摇头，对他说：

"你说这样难听的话，我听了也就算了，要是让我三个儿子听到了，他们会打烂你的嘴。"

许三观说完这话，就转身走了。他走出了医院，走到了街上。那时候正是中午，街上全是下班回家的人，一群一群的年轻人飞快地骑着自行车，在街上冲过去，一队背着书包的小学生沿着人行道往前走去。许三观也走在人行道上，他心里充满了委屈，刚才年轻血头的话刺伤了他，他想着年轻血头的话，他老了，他身上的死血比活血多，他的血没人要了，只有油漆匠会要。他想着四十年来，今天是第一次，他的血第一次卖不出去了。四十年来，每次家里遇上灾祸时，他都是靠卖血过去的，以后他的血没人要了，家里再有灾祸怎么办？

许三观开始哭了，他敞开胸口的衣服走过去，让风呼呼地吹在他的脸上，吹在他的胸口；让混浊的眼泪涌出眼眶，沿着两侧的脸颊唰唰地流，流到了脖子里，流到了胸口上。他抬起手去擦了擦，眼泪又流到了他的手上，在他的手掌上流，也在他的手背上流。他的脚在往前走，他的眼泪在往下流。他的头抬着，他的胸也挺着，他的腿迈出去时坚强有力，他的胳膊甩动时也是毫不迟疑，可是他脸上充满了悲伤。他的泪水在他脸上纵横交错地流，就像雨水打在窗玻璃上，就像裂缝爬上快要破碎的碗，就像蓬勃生长出去的树枝，就像渠水流进了田地，就像街道布满了城镇，泪水在他脸上织成了一张网。

他无声地哭着向前走，走过城里的小学，走过了电影院，走过了百货店，走过了许玉兰炸油条的小吃店，他都走到家门口了，可是他走过去了。他向前走，走过一条街，走过了另一条街，他走到了胜利饭店。他还是向前走，走过了服装店，走过了天宁寺，走过了肉店，走过了钟表店，走过了五星桥，他走到了医院门口，他仍然向前走，走过了小学，走过了电影院……他在城里的街道上走了一圈，又走了一圈，街上的人都站住了脚，看着他无声地哭着走过去，认识他的人就对他喊：

"许三观，许三观，许三观，许三观，许三观……你为什么哭？你为什么不说话？你为什么不理睬我们？你为什么走个不停？你怎么会这样……"

有人去对一乐说："许一乐，你快上街去看看，你爹在大街上哭着走着……"

有人去对二乐说："许二乐，有个老头在街上哭，很多人都围着看，你快去看看，那个老头是不是你爹……"

有人去对三乐说："许三乐，你爹在街上哭，哭得那个伤心，像是家里死了人……"

有人去对许玉兰说："许玉兰，你在干什么？你还在做饭？你别做饭了，你快上街去，你男人许三观在街上哭，我们叫他，他不看我们，我们问他，他不理我们，我们不知道出了什么事，你快上街去看看……"

一乐、二乐、三乐来到了街上，他们在五星桥上拦住了许三观，他们说：

"爹，你哭什么？是谁欺负了你？你告诉我们……"

许三观身体靠在栏杆上，对三个儿子呜咽着说：

"我老了，我的血没人要了，只有油漆匠会要……"

儿子说："爹，你在说些什么？"

许三观继续说自己的话："以后家里要是再遇上灾祸，我怎么办啊？"

儿子说："爹，你到底要说什么？"

这时许玉兰来了，许玉兰走上去，拉住许三观的两只袖管，问他：

"许三观，你这是怎么了？你出门时还好端端的，怎么就哭成个泪人了？"

许三观看到许玉兰来了，就抬起手去擦眼泪，他擦着眼泪对许玉兰说：

"许玉兰，我老了，我以后不能再卖血了，我的血没人要了，以后家里遇上灾祸怎么办……"

许玉兰说："许三观，我们现在不用卖血了，现在家里不缺钱，以后家里也不会缺钱的，你卖什么血？你今天为什么要去卖血？"

许三观说："我想吃一盘炒猪肝，我想喝二两黄酒，我想卖了血以后就去吃炒猪肝，就去喝黄酒……"

一乐说："爹，你别在这里哭了，你想吃炒猪肝，你想喝黄酒，我给你钱，你就是别在这里哭了，你在这里哭，别人还以为我们欺负你了……"

二乐说："爹，你闹了半天，就是为了吃什么炒猪肝，你把我们的脸都丢尽了……"

三乐说："爹，你别哭啦，你要哭，就到家里去哭，你别在这里丢人现眼……"

许玉兰听到三个儿子这么说话，指着他们大骂起来：

"你们三个人啊，你们的良心被狗叼走啦，你们竟然这样说你们的爹，你们爹全是为了你们，一次一次去卖血，卖血挣来的钱全是用在你们身上，你们是他用血喂大的。想当初，自然灾害的那一年，家里只能喝玉米粥，喝得你们三个人脸上没有肉了，你们爹就去卖了血，让你们去吃了面条，你们现在都忘干净了。还有二乐在乡下插队那阵子，为了讨好二乐的队长，你们爹卖了两次血，请二乐的队长吃，给二乐的队长送礼，二乐你今天也全忘了。一乐，你今天这样说你爹，你让我伤心，你爹对你是最好的，说起来他还不是你的亲爹，可他对你是最好的，你当初到上海去治病，家里没有钱，你爹就一个地方一个地方去卖血，卖一次血要歇三个月，你爹为了救你命，自己的命都不要了，隔三五天就去卖一次，在松林差一点把自己卖死了，一乐你也忘了这事。你们三个儿子啊，你们的良心被狗叼走啦……"

许玉兰声泪俱下，说到这里她拉住许三观的手说：

"许三观，我们走，我们去吃炒猪肝，去喝黄酒，我们现在有的是钱……"

许玉兰把口袋里所有的钱都摸出来，给许三观看：

"你看看，这两张是五元的，还有两元的，一元的，这个口袋里还有钱，你想吃什么，我就给你要什么。"

许三观说："我只想吃炒猪肝，喝黄酒。"

许玉兰拉着许三观来到了胜利饭店，坐下后，许玉兰给许三观要了一盘炒猪肝和二两黄酒，要完后，她问许三观：

"你还想吃什么？你说，你想吃什么你就说。"

许三观说："我不想吃别的，我只想吃炒猪肝，喝黄酒。"

许玉兰就又给他要了一盘炒猪肝，要了二两黄酒，要完后许玉兰拿起菜单给许三观看，对他说：

"这里有很多菜，都很好吃，你想吃什么？你说。"

许三观还是说："我还是想吃炒猪肝，还是想喝黄酒。"

许玉兰就给他要了第三盘炒猪肝，黄酒这次要了一瓶。三盘炒猪肝全上来后，许玉兰又问许三观还想吃什么菜。这次许三观摇头了，他说：

"我够了，再多我就吃不完了。"

许三观面前的桌子上放着三盘炒猪肝、一瓶黄酒，还有两个二两的黄酒，他开始笑了，他吃着炒猪肝，喝着黄酒，他对许玉兰说：

"我这辈子就是今天吃得最好。"

许三观笑着吃着，又想起医院里那个年轻的血头说的话来了，他就把那些话对许玉兰说了，许玉兰听后骂了起来：

"他的血才是猪血，他的血连油漆匠都不会要，他的血只有阴沟、只有下水道才会要。他算什么东西？我认识他，就是那个沈傻子的儿子，他爹是个傻子，连一元钱和五元钱都分不清楚，他妈我也认识，他妈是个破鞋，都不知道他是谁的野种。他的年纪比三乐都小，他还敢这么说你，我们生三乐的时候，这世上还没他呢，他现在倒是神气了……"

许三观对许玉兰说："这就叫屌毛出得比眉毛晚，长得倒比眉毛长。"

选自《收获》1995 年第 6 期

作家的话 ◈

匠人是为利益和大众的需求而创作，艺术家是为虚无而创作。艺术家在任何一个时代都只能是少数派，而且往往是那个时代的笑柄，虽然在下一个时代里，他们或许成为前一时代的唯一代表，但他们仍然不是为未来而创作的。艺术家是为虚无而创作的，因为他们是这个世界上仅有的无知者，他们唯一可以感受的是来自精神的力量，就像是来自夜空和死亡的力量。在他们的肉体腐烂之前，是没有人会去告诉他们，他们的创作给这个世界带来了什么？

《河边的错误·跋》

作家必须保持始终如一的诚实，必须在写作过程里集中他所有的美德，必须和他现实生活中的所有恶习分开。在现实中，作家可以谎话连篇，可以满不在乎，可以自私、无聊和沾沾自喜；可是在写作中，作家必须是真诚的，是认真严肃的，同时又是通情达理和满怀同情与怜悯之心；只有这样，作家的智慧警觉才能够在漫长的长篇小说写作中，不受到任何伤害。

《足球场上的奔者》

评论家的话 ◈

余华的新作《许三观卖血记》就是他创作十年重要的记录。这十年来他以怪诞的人事情境、冷冽近乎黑色幽默的笔法，吸引（或得罪）众多读者。……父系家庭关系的变调，宿命人生的牵引，死亡与历史黑洞的诱惑，已成他作品的注册商标。而这些特征竟以身体的奇观——肢解、变形、侵害、疯狂、死亡——为依归。《许三观卖血记》不能免俗，也处理了这类题材，但是余华从中发展了极不同的逻辑……他就血的意象大做文章，而且不无所获。他一反"抛头颅、洒热血"的英雄主题，破题就点明：鲜血是有价的。许三观一辈子靠着卖血渡过难关，养活家人，血是一种生命存活的质素，也是一种商品。这里的讽刺当然是许三观靠着卖血来交换，或交易，活命的本钱。得失之间，他的身体成为最后的赌注。另外，许对大儿子的来历耿耿于怀，连带也对妻子的贞操不能释然，他婚姻的基础是建立在处女之血的祭献上。余华延伸了血与宗法及亲属关系的象征意义，使整部小说浸淫在血亲、血统的认证网络里。这到底是新社会的怪现状的切片，还是旧社会封建余毒的缩影？也就因此，小说中父子和解的一幕来得特别讽刺。"文革"中这场父子相认的好戏还是需要血的验证，许三观拼着老命卖血为儿子治病，他用卖血的钱证明了他与儿子间血浓于水的亲情。这真是小说中最迂回的血祭仪式。余华夸张对身体的自残及伤害，并由此渲染生命荒凉虚无的本质，以及任何人为建构意义的努力——从记忆到历史书写——的无偿……他在历史的创痕里，看到一场"华丽的"大出血，大虚耗。承受暴力演出的身体，只是最具体的观察站。

王德威：《伤痕即景，暴力奇观》

迟子建

亲亲土豆

迟子建，1964 年生于黑龙江漠河，原籍山东海阳。所著短篇小说《雾月牛栏》《清水洗尘》和中篇小说《世界上所有的夜晚》，三次荣获"鲁迅文学奖"。长篇小说《额尔古纳河右岸》获第七届茅盾文学奖。

如果你在银河遥望七月的礼镇，会看到一片盛开着的花朵。那花朵呈穗状，金钟般垂吊着，在星月下泛出迷幻的银灰色。当你敛声屏气倾听风儿吹拂它的温存之声时，你的灵魂却首先闻到了来自大地的一股经久不衰的芳菲之气，一缕凡俗的土豆花的香气。你不由在灿烂的天庭中落泪了，泪珠敲打着金钟般的花朵，发出错落有致的悦耳的回响，你为自己的前世曾悉心培育过这种花朵而感到欣慰。

那永远离开了礼镇的人不止一次通过梦境将这样的乡愁捎给他的亲人们，捎给热爱土豆的人们。于是，晨曦中两个刚刚脱离梦境到晨露摇曳的土豆地劳作的人的对话就司空见惯了：

"昨夜孩子他爷说在那边只想吃新土豆，你说花才开他急什么？"

"我们家老邢还不是一样？他嫌我今年土豆种得少，他闻不出我家土豆地的花香气。你说他的鼻子还那么灵啊？"

土豆花张开圆圆的耳朵，听着这天上人间的对话。

礼镇的家家户户都种着土豆。秦山夫妇是礼镇种土豆的大户，他们在南坡足足种了三亩。春天播种时要用许多袋土豆栽子，夏季土豆开花时，独有他家地里的花色最全，要紫有紫，要粉有粉，要白有白。到了秋天，也自然是他们收获最多了。他们在秋末时就进城卖土豆，卖出去的自然成了钱存起来，余下的除了再做种子外，就由人畜共同享用了。

秦山又黑又瘦，夏天时爱打赤脚。他媳妇比他高出半头，不漂亮，但很白净，叫李爱杰，温柔而贤惠。他们去土豆地干活时总是并着肩走，他们九岁的女儿粉萍跟在身后，一会儿去采花了，一会儿又去捉蚂蚱了，一会儿又用柳条棍去戏弄老实的牛了。秦山嗜烟如命，人们见他总是叼着烟眯缝着眼自在地吸着。他家的园子就种了很多烟叶，秋天时烟叶长成了，一把把蒲扇似的拴成捆吊在房檐下，像是古色古香的编钟，由着秋风来吹打。到了冬天，秦山天天坐在炕头吸烟，有时还招来一群烟友。他的牙齿和手指都被烟熏得焦黄焦黄的，嘴唇是猪肝色，秦山媳妇为此常常和他拌几句嘴。

秦山因为吸烟过量常常咳嗽，春秋尤甚，而春秋又尤以晚上为甚。李爱杰常常跟其他女人抱怨说她两三天就得洗一回头，不然那头发里的烟味就熏得她翻胃。女人们就打趣她，秦山天天搂着你吸烟不成？李爱杰便红了脸，说去你们的，秦山才没那么多的纠缠呢。

可是纠不纠缠谁能知道呢？

秦山和妻子爱吃土豆，女儿粉萍也爱吃。吃土豆的名堂在秦家大得很，蒸、煮、烤、炸、炒、调汤，等等，花样繁杂得像新娘子袖口上的流苏。冬天的时候粉萍常用火炉的二层格烤囫囵土豆，一家人把它当成饭后点心来吃。

礼镇的人一到七月末便开始摸新土豆来吃了。小孩子们窜到南坡的土豆地里，见到垄台有拇指宽的裂缝了，便将手指顺着裂缝伸进去，保准能掏到一个圆鼓鼓的土豆，放到小篮里，回家用它炖豆角吃真是妙不可言。当然，当自家地的裂缝被一一企及、再无土豆露出早熟的迹象时，他们便猫着腰窜入秦山家的土豆地，像小狐狸一样灵敏地摸着土豆，生怕被下田的秦山看见。其实秦山是不在乎那点土豆的，所以这个时节来土豆地干活，他就先在地头大声咳嗽一番，给小孩子们一个逃脱的信号，以免吓着他们。偷了土豆的孩子还以为自己做贼做得高明，回去跟家长说："秦山抽烟落下的咳嗽真不小，都咳嗽到土豆地去了。"

初秋的时令，秦山有一天吃着吃着土豆就咳嗽得受不住了，双肩抖得像被狂风拍打着的一只衣架，只觉得五脏六腑都错了位，没有一处舒服的地方。李爱杰一边给他捶背一边嗔怪："抽吧，让你抽，明天我把你那些烟叶一把火都点着了。"

秦山本想反驳妻子几句，可他无论如何都没有那力气了。当天夜里，秦山又剧烈咳嗽起来，而且觉得恶心。他的咳嗽声把粉萍都惊醒了，粉萍隔着门童声童气地说："爸，我给你拔个青萝卜压压咳吧？"

秦山拉着胸说："不用了，粉萍，你睡吧。"

秦山咳嗽累了便迷迷糊糊睡着了。李爱杰担心秦山，第二天早早就醒了。她将头侧向秦山，便发现了秦山枕头上的一摊血。她吓了一跳，想推醒秦山让他看，又一想吐血不是好事，让秦山知道了，不是糟上加糟吗？所以她轻轻抬起秦山的头，将他的枕头撤下，将自己的枕头垫上去。秦山被扰得睁了一下眼睛，但捺不住咳嗽之后带给他的巨大疲乏，又睡去了。

李爱杰忧心忡忡地早早起来，洗了那个枕套。待秦山起来，她便一边给他盛粥一边说："咳嗽得这么厉害，咱今天进城看看去。"

"少抽两天烟就好了。"秦山面如土灰地说，"不看了。"

李爱杰说："不看怎么行，不能硬挺着。"

"咳嗽又死不了人。"秦山说，"谁要是进城给我捎回两斤梨来吃就好了。"

李爱杰心想："咳嗽死不了人，可人一吐血离死就近了。"这种不祥的想法使她在将粥碗递给秦山时哆嗦了一下，她甚至不敢看他的眼睛，只是无话找话地说："今天天真好，连个云彩丝儿都没有。"

秦山边喝粥边"唔"了一声。

"老周家的猪这几天不爱吃食，老周媳妇愁得到处找人给猪打针。你说都入秋了，猪怎么还会得病？"

"猪还不是跟人一样，得病哪分时辰。"秦山推开了粥碗。

"怎么就喝了半碗？"李爱杰颇为绝望地说，"这小米子我筛了三遍，一个谷皮都没有，多香啊。"

"不想吃。"秦山又咳嗽一声。秦山的咳嗽像余震一样使李爱杰战战兢兢。

早饭后李爱杰左劝右劝，秦山这才答应进城看病去。他们搭着费喜利家进城卖菜的马车，夫妇俩坐在车尾。由于落过一场雨，路面的坑坑洼洼还残着水，所以车轱辘碾过后就溅起来一串串泥浆，打在秦山夫妇的裤脚上。李爱杰便说："今年秋天可别像前年，天天下雨，起土豆时弄得跟个泥猴似的。"

费喜利甩了一下鞭子回过头说："就你们家怕秋天下连绵雨，谁让你们家种那么大的一片土豆了？你们家挣的钱够买五十匹马的了吧？"

秦山笑了一声："现在可是一匹不匹呢。"

费喜利"咦嗬"了一声，说："我又不上你家的马房牵马，你怕啥？说个实话。"

李爱杰插言道："您别逗引我们家秦山了，卖土豆那些钱要是能买回五十匹马来，他早就领回一个大姑娘填房了。"

费喜利嗬嗬地笑起来，马也愉快地小跑起来。马车颠簸着，马颈下的铃铛发出银子落在瓷盘中的那种脆响。

秦山气喘吁吁地说："咱可没有填房纳妾的念头，咱又不是地主。"

李爱杰追问道："真要是地主呢？"

"那也只娶你一个，咱喜欢正宫娘娘。"秦山吐了一口痰说，"等我哪天死了，你用卖土豆的钱招一个漂亮小伙入赘，保你享福。"李爱杰便因为这无端的玩笑灰了脸，差点落泪了。

医生给秦山拍了片子，告诉三天后再来。三天后秦山夫妇又搭着费喜利家进城卖菜的马车去了医院。医生悄悄对李爱杰说："你爱人的肺叶上有三个肿瘤，有一个已经相当大了。你们应该到哈尔滨做进一步检查。"

李爱杰小声而紧张地问："他这不会是癌吧？"

医生说："这只是怀疑，没准是良性肿瘤呢。咱这儿医疗条件有限，无法确诊，我看还是尽早去吧，他这么年轻。"

"他才三十七虚岁。"李爱杰落寞地说，"今年是他本命年。"

"本命年总不太顺利。"医生同情地安抚说。

夫妻俩回到礼镇时买了几斤梨，粉萍见父母回来都和颜悦色的，以为父亲的病已经好了，就和秦山抢梨吃。也许梨的清凉起到了很好的祛痰镇咳作用，当夜秦山不再咳了，还蛮有心情地向李爱杰求温存。李爱杰心里的滋味真比调味店的气味还复杂。答应他又怕耗他的气血使他情况恶化，可不答应又担心以后是否还有这样的机会。整个人就像被马蜂给蜇了，没有一处自在的地方，所以就一副尴尬的应付相，弄得秦山直埋怨她："你今晚是怎么了？"

第二天李爱杰早早就醒来，借着一缕柔和的晨光去看秦山的枕头。枕头干干净净的，没有一丝血迹，这使她的心稍稍宽慰了一些。心想也许医生的话不必全都放在心上，医生也不可能万无一失吧。两口子该做啥还做啥，拔土豆地里的稗草、给秋白菜喷农药、将大蒜刨出来编成辫子挂在山墙上。然而好景不长，过了不到一周，秦山又开始剧烈咳嗽，这次他自己见到咯出的血了，他那表情麻木得像蜡像人。

　　"咱们到哈尔滨看看去吧。"李爱杰悲凉地说。

　　"人一吐血还有个好吗?"秦山说，"早晚都是个死，我可不想把那点钱花在治病上。"

　　"可有病总得治呀。"李爱杰说，"大城市没有治不好的病。况且咱又没去过哈尔滨，逛逛世面吧。"

　　秦山不语了。夫妻二人商量了半宿，这才决定去哈尔滨。李爱杰将家里的五千元积蓄全部带上，又关照邻居帮她照顾粉萍、猪和几只鸡。邻居问他们秋收时能回来么。秦山咧嘴一笑说："我就是有一口气，也要活着回来收最后一季土豆。"

　　李爱杰拍了一下秦山的肩膀，骂他："胡说!"

　　两人又搭了费喜利家进城卖菜的马车。费喜利见秦山缩着头没精打采，就说："你要信我的，就别看什么病去。你少抽两袋烟，多活动活动就好了。"

　　"我见天长在土豆地里干活，活动还算少吗?"秦山干涩地笑了一声，说，"看什么病，陪咱媳妇逛逛大城市去，买双牛皮鞋，再买条开长衩的旗袍。"

　　"我可不穿那东西给你丢人。"李爱杰低声说。

两个人在城里买了一斤烙饼和两袋咸菜，就直奔火车站了。火车票没有他们想象的那么贵，而且他们上车后又找到了挨在一起的座位，这使他们很愉快。所以火车开了一路李爱杰就发出一路的惊诧：

"秦山，你快看那片紫马莲花，绒嘟嘟的！"

"这十好几头牛都这么壮，这是谁家的？"

"这人家可真趁，瞧他家连大门都刷了蓝漆！"

"那个戴破草帽的人像不像咱礼镇的王富？王富好像比他瓷实点。"

秦山听着妻子恍若回到少女时代的声音，心里有种比晚霞还要浓烈的伤感。如果自己病得不重还可以继续听她的声音，如果病入膏肓，这声音将像闪电一样消失。谁会再来拥抱她温润光滑的身体？谁来帮她照看粉萍？谁来帮她伺候那一大片土豆地？

秦山不敢继续往下想了。

两人辗转到哈尔滨后并没心思浏览市容，先就近在站前的小吃部吃了豆腐脑和油条，然后打听如何去医院看病。一个扎白围裙的胖厨子一下子向他们推荐了好几家大医院，并告诉他们如何乘车。

"你说这么多医院，哪家医院最便宜？"秦山问。

李爱杰瞪了秦山一眼，说："我们要找看病最好的医院，贵不贵都不怕。"

厨子是个热心人，又不厌其烦地向他们介绍各个医院的条件，最后帮助他们敲定了一家。

他们费尽周折赶到这家医院，秦山当天就被收入院。李爱杰先缴了八百元的住院押金，然后上街买了饭盒、勺、水杯、毛巾、拖鞋等住院物品。秦山住的病房共有八人，有两个人在吸氧气。在垂危者那长一声短一声的呼吸声中有其他病人的咳嗽声、吐痰声和喝水声。李爱杰听主治医生讲要给秦山做 CT 检查，这又是一笔不小的开销。但李爱杰豁出去了。

秦山住院后脸色便开始发灰，尤其看着其他病人也是一副愁容惨淡的样子，他便觉得人生埋伏着的巨大陷阱被他踩中了。晚饭时李爱杰上街买回两个茶蛋和一个大面包。与秦山邻床的病人也是中年人，很胖，头枕着冰袋，他的妻子正给他喂饭。他得的好像是中风，嘴歪了，说话含混不清，吃东西也就格外费力；喂他吃东西的女人三十来岁，齐耳短发，满面憔悴。有一刻她不慎将一勺热汤洒在了他的脖子上，病人急躁地一把打掉那勺，吃力地骂："婊子、妖精、破鞋——"女人撇下碗，跑到走廊伤心去了。

李爱杰和秦山吃喝完毕，便问其他病人家属如何订第二天的饭，又打听茶炉房该怎么走。大家很热心地一一告诉她。李爱杰提着暖水瓶走出病室的门时天已经黑了，昏暗的走廊里有一股阴冷而难闻的气味。李爱杰在茶炉房的煤堆旁碰到那个挨了丈夫骂的中年妇女，她正在吸烟。看见李爱杰，她便问：

"你男人得了什么病？"

"还没确诊呢。"李爱杰说，"明天做 CT。"

"他哪里有毛病？"

"说是肺。"李爱杰拧开茶炉的开关，听着水咕噜噜进入水瓶的声音。"他都咯血了。"

"哦。"那女人沉重地叹息一声。

"你爱人得了中风？"李爱杰关切地问。

"就是那个病吧，叫脑溢血，差点没死了。抢救过来后半边身子不能动，脾气也暴躁了，稍不如意就拿我撒气，你也看见了。"

"有病的人都心焦。"李爱杰打完水，盖严壶盖，直起身子劝慰道，"骂两句就骂两句吧。"

"唉，摊上个有病的男人，算咱们命苦。"女人将烟掐死，问："你们从哪里来？"

"礼镇。"李爱杰说，"坐两天两夜的火车呢。"

"这么远。"女人说，"我们家在明水。"她看着李爱杰说，"你男人住的那张床，昨晚刚抬走一位。才四十二岁，是肝癌，留下两个孩子和一个快八十的老母亲，他老婆哭得抽过去了。"

李爱杰提水壶的胳膊就软了，她低声问："你说真要得了肺癌还有救吗？"

"不是我嘴损，癌是没个治的。"那女人说，"有那治病的钱，还不如逛逛风景呢。不过，你也别担心，说不定他不是癌呢，又没确诊。"

李爱杰愈发觉得前程灰暗了，不但手没了力气，腿也有些飘，看东西有点眼花缭乱。

"你家在哈尔滨有亲戚吗？"

"没有。"李爱杰说。

"那你晚间住哪儿？"

"我就坐在俺男人身边陪着他。"

"你还不知道吧，家属夜间是不能待在病房的，除非是重病号夜间才允许有陪护。看你的样子，家里也不是特别有钱的，旅店住不起，不如跟我去住，一个月一百块钱就够了。"

"那是什么地方?"李爱杰问。

"离医院不远,走二十分钟就到了。是一片要动迁的老房子,矮矮趴趴的。房东是老两口,闲着间十平方米的屋子,原先我和那个得肝癌病的人的老婆一起住,她丈夫一死,她就收拾东西回乡下了。"

"太过意不去。"李爱杰说,"你真是好心人。"

"我叫王秋萍。"女人说,"你叫我萍姐好了。"

"萍姐。"李爱杰说,"我女儿也叫萍,是粉萍。"

两个女人出了茶炉房,通过一段煤渣遍地的市道回到住院处的走廊。她们一前一后走着,步履都很沉重。一些病人家属来来往往地打水和倒剩饭,卫生间的垃圾桶传出一股刺鼻的馊味儿。

秦山在李爱杰要离开他跟王秋萍去住的时候忽然拉住她的手说:"爱杰,要是确诊是癌,咱可不在这遭这份洋罪,我宁愿死在礼镇咱家的土豆地里。"

"瞎说。"李爱杰见王秋萍在看他们,连忙抽回手,并且有些脸红了。

"你别心疼钱,要吃好住好。"秦山嘱咐道。

"知道了。"李爱杰说。

房东见王秋萍又拉来新房客,当然喜不自禁。老太太麻利地烧了壶开水,还洗了两条嫩黄瓜让她们当水果吃。那间屋子很矮,两张床都是由砖和木板搭起来的,两床中央放着个油漆斑驳的条形矮桌,上面堆着牙具、镜子、茶杯、手纸等东西。墙壁上挂着几件旧衣裳,门后的旮旯里有个木盖马桶。这所有的景致都因为那盏低照度的灯泡而显得更加灰暗。

王秋萍和李爱杰洗过脚后便拉灭了灯，两人躺在黑暗中说着话。

"刚才看你男人拉你手的那股劲，真让我眼热。"王秋萍羡慕地说，"你们的感情真深哪。"

"所以他一病我比自己病还难受。"李爱杰轻声说。

"唉，我男人没病前我俩就没那么好的感情，两天不吵，三天找吵的。他病了我还得尽义务，谁想这人脾气越来越随驴了。我伺候了他三个月了，他的病老是反复，家里的钱折腾空了，借了一屁股的债，愁得我都不想活了。两个孩子又都不立事，婆婆还好吃懒做，常对我指桑骂槐的。"

"你家也靠种地过日子？"李爱杰问。

"可不，咱也是农民嘛。前年他没病时跟人合开了一个榨油坊，挣了几千块钱，全给赌了。"

"那你的钱怎么还呢？"

"我现在就开始干两份活了。"王秋萍说，"每天早晨三点多钟我就到火车站的票房子排队买卧铺票，然后票贩子给我十五块钱。中午我给一家养猪厂到几家饭店去收剩饭剩菜，也能收入个十块八块的。一天下来，能有二十几块吧。"

"你男人知道你这么辛苦吗？"

"他不骂我就烧高香了，哪还敢指望他疼我。"王秋萍长长叹口气，"他将来恢复不好，真是偏瘫了，我后半辈子就全完了。有时候真巴不得他——"

李爱杰知道她想说什么，她在黑暗中吃惊地"啊"了一声。

"你要是摊上了就知道了。"王秋萍乏力地说，"要是你男人真得了癌，得需要一大笔钱，还治不出个好来。到时我帮你联系点活干，卖盒饭、给人看孩子、送牛奶……"

王秋萍的声音越来越细，沉重的疲惫终于遏制了她的声音，将她推入梦乡。李爱杰辗转反侧，一会儿想秦山在医院里能否休息好、夜里是否咳嗽，一会儿又想粉萍在邻居家住得习惯吗，一会儿又想礼镇南坡她家那片土豆地，想得又乏又累才昏昏沉沉睡去。等到醒来后天已经大亮了，房东正在扫地，有几只灰鸽子在窗台前咕咕叫，王秋萍的铺已经空了。

"夜里睡得踏实吗?"房东热情地问。

"挺香的。"李爱杰说，"一路折腾来的乏算是解了。"

房东一边忙活一边絮絮叨叨问李爱杰一些事。男人得的什么病呀，家里几口人呀，住几间房呀。她告诉李爱杰，王秋萍一大早就上火车站排队买卧铺票去了，让她早起后到街角买个煎饼馃子吃。

李爱杰洗过脸，就沿着昨夜来时的路线去医院。街上无论是汽车还是行人都多得让她数不过来，她想，城里的马路才真正是苦命的路。天有些阴，但大多数的女人都穿着裙子，她们露着腿，背着精致考究的皮包，高跟鞋将人行道踩得咯噔咯噔响。她本想在街角买个煎饼馃子吃，但因为惦记秦山，还是空着肚子先到医院去了。一进走廊，就见秦山住的病室的门被推开了，一下子涌出来五六个手忙脚乱的人，有医生，也有神色慌乱的陌生人。跟着推出了一个病人，吓得李爱杰腿都软了。直到看到那病人不是秦山，这才缓口气来，看着他们朝抢救室急急而去。

秦山帮妻子订了一份小米粥，怕粥凉了，用饭盒扣得严严实实的，搁在自己的肚子上，半仰着身子用手捂着。李爱杰一来，他就笑着从被窝里拿出饭盒，说："还温着呢，快吃吧。"

李爱杰鼻子一酸，轻声问："夜里没咳嗽吧？"

秦山眨眨眼睛，摇摇头，轻声说："你不在身边就是睡不踏实。"

李爱杰眼睛湿湿地看了眼秦山，然后垂头去吃那盒粥。病室窗外的树叶被风吹得飒飒响，像秦山年轻时用麦秸拨弄她耳朵逗她发痒的那股声音。李爱杰看了一眼王秋萍的丈夫，他四肢僵硬地躺在床上，歪着头，贪馋地看着邻床的病人吃烙饼。那表情完全像个不谙世事的小孩子。

秦山的检查结果很快出来了。当李爱杰被医生叫到办公室后她知道一切都完了。

医生说："他已经是晚期肺癌了，已经扩散了。"

李爱杰没有吱声，她只觉得一下子掉进一口黑咕隆咚的井里，她感觉不出阳光的存在了。

"如果做手术，效果也不会太理想。"医生说，"你考虑吧，要么就先用药物维持。不过最好不要让病人知道真实情况，那样会增加他的心理负担。"

李爱杰慢吞吞地出了医生办公室，她在走廊碰到很多人，可她感觉这世界只有她一个人。她来到住院处大门前的花坛旁，很想对着那些无忧无虑的娇花倩草哭上一场。可她的眼泪已经被巨大的悲哀征服了，她这才明白绝望者是没有泪水的。

李爱杰去看秦山的时候为了掩饰自己内心的慌乱，特意从花坛上偷偷摘了一朵花掖在袖筒里。秦山正在喝水，雪亮的阳光投在他青黄瘦削的脸颊上，他的嘴唇干裂了。李爱杰趁他不备将花从袖筒掏出来："闻闻，香不香？"她将花拈在他的鼻子下。

秦山深深闻了一下，说："还没有土豆花香呢。"

"土豆花才没有香味呢。"李爱杰纠正说。

"谁说土豆花没香味？它那股香味才特别呢，一般时候闻不到，一经闻到就让人忘不掉。"秦山左顾右盼见其他病人和家属都没有注意听他们说话，才放心大胆地打趣道："就像你身上的味儿一样。"

李爱杰凄楚地笑了。就着这股笑劲，她装作兴高采烈地说："你知道我为什么偷花给你吗？咱得高兴一下了，你的病确诊了，就是普通的肺病，打几个月的点滴就能好。"

"医生跟你说了？"秦山心凉地问。

"医生刚才告诉我，不信你问问去。"李爱杰说。

"没有大病当然好，我还去问什么呢。"秦山说，"咱都来了一个多礼拜了，该是收土豆的时候了。"

"你放心，咱礼镇有那么多的好心人，不能让咱家的土豆烂到地里。"李爱杰说。

"自己种的地自己收才有意思。"秦山忽然说，"钱都让你把着，你就不能给我几百让我花花？"

"我才没那么抠门呢。"李爱杰抿嘴一乐，"你现在躺在医院里又不能出去逛，你要钱有什么用？"

"订点好饭呀，托人买点水果呀什么的。"秦山端起水杯喝了几口水，然后说："身上有钱踏实。"

李爱杰就从腰包数出三百块钱给了秦山。

当天下午，护士便来给秦山输液了，是一种没贴药品标签的液体。李爱杰一边陪他输液一边和他说着温暖话。到了黄昏，输完液，送饭的来了。他们又一起吃了米饭和豆角。秦山吃得虽然少，但他看上去情绪不错，因为他一直在说话。

黄昏了。王秋萍来给丈夫送饭，她黑着眼圈，手上缠着绷带。她这两天特别倒霉，铁路打击票贩子，票贩子都不敢出现了。她想自己买票暗中高价卖掉，不料这一段天天起得迟，到了售票处只能排到队尾，自然毫无所获，而且手又不巧被铁栅栏给划破了。她丈夫虽然脾气不好，但食欲却比往日还要旺盛，整天指着名要鸡要鱼的，王秋萍只能硬挨着。

"秦山，你也喝点鸡汤吧。"王秋萍说。

"我和爱杰刚吃过。"秦山和悦地笑笑，"谢谢了。"

王秋萍的丈夫恨恨地瞪了王秋萍一眼，说："你看他比我年轻，让他喝我的鸡汤，你勾引人——"

王秋萍摇头叹口气，无可奈何地给丈夫一勺一勺地喂鸡汤。喂完丈夫，她和李爱杰一起上厕所，突然说："那么多不该进太平房的人都进了那里，他这该进的却天天活着磨人。有时候真想毒死他。"

李爱杰怔怔地看着王秋萍，失神地说："秦山确诊了。"她突然扑到王秋萍怀里哭起来，"我还不如你，想让他磨我也没这个日子了！"

两个中年女人相抱在一起哭成了泪人，将一些上厕所的人吓得大惊失色。

那一夜王秋萍和李爱杰几乎彻夜未眠。两个人买了瓶白酒，喝得酩酊大醉，将在厕所没有哭完的泪水又哭了出来。刚开始时两人都觉得头昏沉沉的，奇怪的是哭得透彻了倒把酒给醒了，毫无睡意。两人便讲起各自的家世，说得天有晓色，才觉得眼睛发涩，便都醺然沉睡于蓓蕾般的黎明中。

李爱杰梦见自己和秦山去土豆地铲草，路过草甸子，秦山为她采一枝花，掉进了沼泽中。眼看着人越陷越深，急得李爱杰大喊起来，一个激灵从睡梦中坐了起来。揉揉太阳穴，看着矮桌上的空酒瓶和吃剩的香肠、豆腐干、花生米，她才忆起昨夜和王秋萍喝酒的事。王秋萍裹条薄绒毯子，睡得头发披散，鼻翼微微翕动，面色也比白日里看上去好多了。李爱杰抓过手表，一看已经是正午时分了，吓得非同小可，连忙推醒王秋萍："萍姐，中午了，咱们还没去医院呢。"

王秋萍也"哎哟"一声坐起来，用手背使劲揉了下眼睛，懊恼地自责："唉，排不成车票，连猪食也收不成了。"她直了直腰，忽然又四仰八叉躺倒在床，一副听天由命的样子："反正已经中午了，不如睡到晚上，还能省顿饭。"

李爱杰知道她在说气话。待她梳洗完毕回到小屋，王秋萍果然已经起床了。她对李爱杰说，过两天她要回明水一趟，夜里她梦见两个孩子让狗给咬了："一个咬在胳膊上，一个咬在腿上，扑在我面前哭得起不来，孩子托生在我家真是可怜。"

"梦都是反着来解的。"李爱杰安慰她，"你梦见他们哭说明他们笑。"

"咳，我想孩子了。"王秋萍又是一声长长的叹息，"也该秋收了，总不能老指着我娘家人帮忙吧？"

"是该秋收了，我们家有好大一片土豆地呢。"李爱杰说这话的感觉就像没过足秋天双脚却踩在了初冻的薄冰上，有一种说不出的失落和凄楚。

两个人说着话来到街上，各自买了一个煎饼馃子，倚着浮灰重重的栅栏吃起来。阳光很灿烂，她们眯缝着眼睛，百无聊赖地看着行人、车辆、广告牌，听着汽车喇叭声、磁带销售摊前录音机播放的流行歌曲声以及此起彼伏的叫卖声。

她们赶到医院时午饭已经过了。李爱杰一进病房就傻了眼。秦山不见了，病服堆在床上，床头柜上的饭盒等东西也不见了。

护士正在给患者扎针，见了李爱杰便态度生硬地说："五号床的家属，你们家的病人怎么不见了？"

"昨晚我离开时他还好好地待在这里，他怎么会出了医院？"李爱杰气急地说，"该问你们医院吧？"

"医院又不是托儿所。"护士没有好气地说，"还住不住了？不住还有其他病人等着床呢。"

李爱杰掀开秦山的床单，见床下的拖鞋也不见了，她便害怕地坐在床头哭起来。邻床的一位患者说，晚上秦山还睡得好好的，凌晨四点左右，天才放亮，秦山就下床了，他以为他去解手了。

秦山会不会去死呢？昨天她和王秋萍在厕所哭了一场，尽管回病房前洗了好几遍脸，又站在院子的风中平静了一番，可她红肿的眼睛也许让他抓到蛛丝马迹了。他没有告别就走了，看来是不想活了。

王秋萍顾不上自己的丈夫了，连忙陪同李爱杰去找秦山。她们去了松花江边、霁虹桥的铁路交叉口以及公园幽深的树林，一切可以自杀的场所几乎都让她们跑遍了，然而没有什么人投江、卧轨或是吊在公园的树下。天黑的时候，她们仍不见秦山的影子，有的只是源源不断的、形形色色的陌生的归家人。李爱杰趴在霁虹桥的绿铁栏前痛哭起来。

她们绞尽脑汁想秦山会去哪里，最后王秋萍说也许他去极乐寺

108

出家了。李爱杰也觉得有些道理，也许秦山以为遁入佛门会使他的病和灵魂都得到拯救。于是她们又挨过一个不眠之夜后，一大早就去了极乐寺。她们找到住持，问昨天是否有人要来出家。住持双手合十念了声"阿弥陀佛"，然后微微摇头。她们便又去了大直街上的天主堂和一处基督堂。她们为什么去教堂？也许她们认为那是收留人灵魂的地方。转到下午，仍不见秦山的影子。她们又跑回住处看房东家的电视，看本市午间新闻是否有寻人启事或者是意外事故的发生，结果她们毫无所获。

一直到了下午两点，处于极度焦虑状态的李爱杰才突然意识到秦山一定是回礼镇了。一个要自杀的人怎么会带走饭盒、毛巾、拖鞋等东西呢？她又联想起秦山那天朝她要钱的事，就更加坚定地认为秦山回了家乡了。李爱杰开始打点回家的行装。

"萍姐，一会儿跟我去办出院手续。"李爱杰头也不抬地说，"秦山一定是回了家了。"

"他不想治病了？"王秋萍大声叫道。

"他一定明白他的病是绝症了，治不好的病他是不会治的。"李爱杰哽咽地说，"他是想把钱留下来给我和粉萍过日子，我知道他。"

"这么善良的人怎么让你摊上了？"王秋萍抽咽了一下，"他回家怎么不叫上你？"

"叫上我，我能让他走吗？"李爱杰说，"今天的火车已经赶不上了，明天我就往回返。"

一旦想明白了秦山的去处，李爱杰就沉静下来了。下午王秋萍陪她去办出院手续，院方开始不退住院押金，说病人已经住了一周多了，而且又用了不少药。李爱杰说不过他们，便去求助于秦山的主治医生。医生听明情况后，帮助她找回了应退还的钱。

晚间，李爱杰打开旅行袋，取出一条很新的银灰色毛料裤子，递给王秋萍："萍姐，这是我三年前的裤子，就上过两回身。城里人爱以貌取人，你去哪办事时就穿上它。你比我高一点，你可以把裤脚放一放。"

王秋萍捧着那条裤子，将它哭湿了好大一片。

李爱杰赶回礼镇时正是秋收的日子，家家户户都在南坡地里起土豆。是午后的时光，天空极其晴朗，没有一丝云，只有凉爽的风在巷子里东游西逛。李爱杰没有回家，她径直朝南坡的土豆地走去。一路上她看见许多人家的地头都放着手推车，人们刨的刨、捡的捡、装袋的装袋。邻家的狗也跟着主人来到地里，见到李爱杰，便摇着尾巴上来叼她的裤脚，仿佛在殷勤地问候她：你回来了？

李爱杰远远就看见秦山猫腰在自家的地里起土豆，粉萍跟在他身后正用一只土篮捡土豆。秦山穿着蓝布衣，午后的阳光沉甸甸地照耀着他，使他在明亮的阳光中闪闪发光，李爱杰从心底深深地呼唤了一声："秦山——"双颊便被自己的泪水给烫着了。

秦山一家人收完土豆后便安闲地过冬天。秦山消瘦得越来越快，几乎不能进食了。他常常痴迷地望着李爱杰一言不发。李爱杰仍然平静地为他做饭、洗衣、铺床、同枕共眠。有一天傍晚，天落了雪，粉萍在灶间的火炉上烤土豆片，秦山忽然对李爱杰说："我从哈尔滨回来给你买了件东西，你猜是啥？"

"我怎么猜得出来？"李爱杰的心咚咚地跳起来。

秦山下了炕，到柜子里拿出一个红纸包，一层层轻轻地打开，抖搂出一条宝石蓝色的软缎旗袍，那旗袍被灯光映得泛出一股动人的幽光。

"哦!"李爱杰吃惊地叫了一声。

"多亮堂啊。"秦山说,"明年夏天你穿上吧。"

"明年夏天——"李爱杰伤感地说,"到时我穿给你看。"

"穿给别人看也是一样的。"秦山说。

"这么长的衩,我才不穿给别人看呢。"李爱杰终于抑制不住地哭着扑倒在秦山怀里,"我不愿意让别人看我的腿……"

秦山在下雪的日子里挣扎了两天两夜终于停止了呼吸。礼镇的人都来帮助李爱杰料理后事,但守灵的事只有她一人承当。李爱杰在屋里穿着那条宝石蓝色的软缎旗袍,守着温暖的炉火和丈夫,由晨至昏,由夜半至黎明。直到出殡的那一天,她才换下了那件旗袍。

由于天寒地冻,在这个季节死去的人的墓穴都不可能挖得太深,所以覆盖棺材光靠那点冻土是无济于事的。人们一般都去拉一马车煤渣来盖坟,待到春暖花开了再培新土。当葬礼主持差人去拉煤渣的时候,李爱杰突然阻拦道:"秦山不喜欢煤渣。"

葬礼主持以为她哀思深重,正要好言劝导,她忽然从仓房里拎出几条麻袋走向菜窖口,打开窖门,吩咐几个年轻力壮的人:"往麻袋里装土豆吧。"

大家都明白李爱杰的意图,于是就一齐动手捡土豆。不出一小时,五麻袋土豆就装满了。

礼镇人看到一个不同寻常的葬礼。秦山的棺材旁边坐着五麻袋敦敦实实的土豆,李爱杰头裹孝布跟在车后,虽然葬礼主持不让她跟到墓地,她还是坚持随着去了。秦山的棺材落入坑穴,人们用铁铲将微薄的冻土扬完后,棺材还露出星星点点的红色。李爱杰上前将土豆一袋袋倒在坟上，只见那些土豆咕噜噜地在坟堆上旋转，最后众志成城地挤靠在一起，使秦山的坟豁然丰满充盈起来。雪后疲惫的阳光挣扎着将触角伸向土豆的间隙，使整座坟洋溢着一股温馨的丰收气息。李爱杰欣慰地看着那座坟，想着银河灿烂的时分，秦山在那里会一眼认出他家的土豆地吗？他还会闻到那股土豆花的特殊香气吗？

李爱杰最后一个离开秦山的坟。她刚走了两三步，忽然听见背后一阵簌簌的响动。原来坟顶上的一只又圆又胖的土豆从上面坠了下来，一直滚到李爱杰脚边，停在她的鞋前，仿佛一个受宠惯了的小孩子在乞求母亲那至爱的亲昵。李爱杰怜爱地看着那个土豆，轻轻嗔怪道："还跟我的脚呀？"

原载《作家》1995 年第 6 期

原载《作家》1995 年第 6 期

作家的话 ◈

我每次编选小说集的时候，从头看自己的作品，就觉得那里有一种凄美的东西，这种凄美的东西和淑女是没有关系的。凄美的东西往往是在温情里包含了一种尖锐和哀愁。

推荐者的话 ◈

《亲亲土豆》通过对北方农家的平凡生活的悉心观察与描绘，演绎出一曲动人心弦的生死恋歌，凡俗质朴，又美丽高贵。正如作者所说的那样，爱使得"生与死有了一份别样的单纯和质感，使生命在死亡之后延伸，暖意与柔情在死亡的裂隙间弥散"。秦山夫妇的爱情，不仅使得凡俗的生存升华出美丽和纯净，还可以战胜病痛和绝望，穿越死亡的隔阂，化诀别的悲痛为至爱温情和乐观的生存意志。作者通过与王秋萍夫妇的对照，凸显了秦山夫妇间的爱情；善于在日常生活的叙述中表现丰富生动的情趣；还善于在朴素的叙述中捕捉和穿插富于抒情和象征意味的场景与细节；结尾处的那个"跟脚"的土豆，是丰满至爱和丰盈生命的象征，这一细节也呼应了开篇时的生死对话，并且都与凡俗艰辛的日常生活形成对照，从而大大强化了本篇的主题。

宋炳辉

韩少功

马桥词典（节选）

　　韩少功，1953 年生于湖南长沙。初中毕业后下乡插队，1974 年开始发表作品，小说《西望茅草地》《飞过蓝天》分获 1980、1981 年全国优秀短篇小说奖。20 世纪 80 年代中期他创作了《爸爸爸》《女女女》等一系列作品，被认为是"寻根文学"的代表性作家。1996 年发表的《马桥词典》是他创作的第一部长篇小说，引起了广泛的争议和不同的评价。韩少功还翻译出版了小说《生命中不能承受之轻》等多种作品。

△宝 气

本义还有一个外号："滴水佬"。取这个外号的是志煌。当时他正在工地上吃饭，看见本义的筷子在碗边敲得脆响，目光从眼珠子里勾勾地伸出来，在肉碗里与其他人的筷子死死地纠缠撕打。志煌突然惊奇地说："你如何口水洒洒地滴？"

本义发现大家的目光盯着他，把自己的嘴抹了两下，"滴水么？"他抹去了一缕涎水，没有抹去胡碴子上的饭粒和油珠。

志煌指着他笑，"又滴了！"

大家也笑。

本义扯上袖口再抹一把，还没有抹干净，咕哝了一句，样子有点狼狈。等他重新操起碗筷的时候，发现眨眼之间，肉碗里已经空了。他忍不住朝周围的嘴巴一一看去，好像要用目光一路追踪那些肥肉坨子去了什么地方，落入了哪些可恶的肠胃。

他后来对志煌颇有怨色，"吃饭就吃饭，你喊什么？"

一般来说，本义并不是一个受不得取笑的人，公务之外，并不善于维护自己的威严。碰到别人没大没小的一些话，有时只能装耳聋——也确实有些聋。但他的听觉在这一天特别好，面子特别要紧，因为工地上还有外村的人，有公社何部长。志煌在这种场合强调他的口水，就是志煌的宝气了。

"宝"是傻的意思，"宝气"就是傻气。志煌的宝气在马桥出了名。比如他不懂得要给干部让座，不懂得夯地时如何做假，也迟迟不懂得女人每个月都有月水。他以前打自己的婆娘打得太狠，显得很宝气。后来婆娘离婚了，回平江老家了，他时不时给那个老婆送吃的送穿的，更显得宝气。天子岭上的三个石场，是他一钎一钎先后咬出来的。他打出来的岩头可以堆成山，都被人们买走，拉走，用到不知道什么地方去了，但是他什么时候一走神，还把这些岩头看成是他的。就因为这一点，很多人同他横竖讲不通道理，对他的宝气无可奈何。只好恨恨地骂他，"煌宝"的名字就是这么骂出来的。

他到一个人家洗磨子，就是把一副旧磨子翻新。闲谈时谈起唱戏，同主家看法不一样，竟争吵得红了脸。东家说，你走你走，我的磨子不洗了。煌宝收拾工具起身，走出门想起什么事，回来补上一句："你不洗了不碍事，只是这副磨子不是你的。你想明白。"

东家想了半天还是不明白。

煌宝走出几步还恨恨地回头，"晓得么？不是你的！"

"未必是你的？"

"也不是我的，是我爹的。"

他的意思是：磨子是他爹打的，就是他爹的。

还有一次，有个双龙弓的人到石场来哭哭啼啼，说他死了个舅舅，没有钱下葬，只怕死不成了，求志煌赊他一块坟碑。志煌看他哭得可怜，说算了算了，赊什么？你拿去就是，保证你舅舅死得成。说完挑一块上好的青花石，给他錾了块碑，还搭上一副绳子，帮他抬下岭，送了一程。这个时候的石场已经收归集体了。复查是会计，发现他把石碑白白送了人，一定要他追回钱来，说他根本没有权力做这样的人情。两人大吵了一架。志煌黑着一张脸说："岩头是老子炸的，老子破的，老子裁的，老子錾的，如何变成了队上的？岂有此理！"

复查只好扣他的工分了事。

煌宝倒不在乎工分，任凭队干部上去扣。他不在乎岩头以外的一切，那些东西不是出自他的手，就与他没有太大的关系，他想不出什么要在乎的道理。当年他同水水打离婚的时候，水水娘家来的人差不多把他家的东西搬光了，他也毫不在乎，看着人家搬，还给人家烧茶。他住在上村，不远处的坡上有一片好竹子。到了春天，竹根在地下乱窜，到处跑笋，有时冷不防在什么人的菜园子里或者床下或者猪栏里，冒出粗大的笋尖来。照一般的规矩，笋子跑到哪一家，就是哪一家的。志煌明白这一点，只是一做起来就有些记不住。他去菜园子里搭瓜棚的时候，看见园子里有一个陌生的人，大概是个过路客，一看见他就慌慌地跑。那人不熟路，放着大路不走偏往沟那边跳，志煌怎么喊也喊不住，眼睁睁地看着那人一脚踩空，落到深深的水沟里，半个身子陷入淤泥。一声大叫，那人的怀里滚出一个肥肥的笋子。

显然是挖了志煌园子里的笋。志煌视若无睹，急急地赶上去，从腰后抽出柴刀，顺手砍断一根小树，把树干的一端放下沟，让沟下的人抓住，慢慢地爬上沟来。

过路客脸色惨白，看着志煌手里的刀，一身哆哆嗦嗦。见他没有什么动作，试探着往大路那边移动碎步。

"喂！你的笋——"志煌大喝一声。

那人差点摔了一跤。

"你的笋不要了？"

他把笋子甩过去。

那人从地上捡了笋子，呆呆地看着志煌，实在没有看出什么圈套，什么危险，这才疯也似的飞跑，一会儿就不见了。志煌看着那人的背影有些好笑，好一阵以后才有疑疑惑惑的表情。

事后，村里人都笑志煌，笑他没捉到贼也就算了，还砍一棵树把贼救出沟来。更可笑的是，怕贼走了一趟空路，送都要把自家的东西送上前去。煌宝对这些话眨眨眼，只是抽他的烟。

△宝气（续）

我得再谈一谈"宝气"。

我曾经看见志煌带着几个人去供销社做工，砌两间屋。待最后一片瓦落位，本义不知从哪里拱出来，检查功夫质量，踢一踢这里，拍一拍那里，突然沉下脸，硬说岩墙没砌平整，灰浆也吃少了，要剐去所有人的工分。

志煌找他理论，说："你怎么捏古造今？我是岩匠，我还不晓得要吃好多灰浆才合适？"

本义冷笑一声，"是你当书记还是我当书记？是你煌醒子说话算数，还是我书记说话算数？"

看来是存心跟志煌过不去。

旁人打圆场，扯开了志煌，对本义说好话。兆青跟着书记的屁股转，见他进茅房，就在茅房外面等。看他去了屠房，又在屠房外面等。总算看见他抽着一支烟从屠房出来了，总算陪着他把路边的黄瓜和辣椒视察了一番，还是没法让他的目光回转来，正眼看兆青一下。

供销社敲钟吃饭了。本义兴冲冲地摩拳擦掌，"好，到黄主任屋里吃团鱼去！"

简直掩饰不住扬眉吐气的快感。

他还没走，刚落成的仓房那边突然发出咚的一声，响得有点不规不矩。有人匆匆来报信，说不得了，不得了，煌宝在那里拆屋啦。本义一怔，急忙打点精神赶过去看，发现志煌那家伙确实发了横，一个人抄起流星锤朝墙上猛击。

新墙如豆腐。一块岩头已经翘出一头，另一块正在松动，粉渣稀稀拉拉往下泻。旁边是供销社的老黄，怎么也拉不住他的手。老黄看见了本义，"这是何苦呢？这是何苦呢？砌得好好的拆什么！你们不心疼你们的劳力，我还心疼我的砖哩。四分钱一口砖你晓不晓？"

本义咳了一声，宣告他的到场。

煌宝不大明白咳嗽的意思。

"煌拐子！"

志煌看了他一眼，没有搭理。

"你发什么宝气？"本义的脸红到了颈根，"拆不拆，也要等干部研究……这里没有你话份。回去！你们通通跟我回去！"

志煌朝手心吐了一口唾液，又操起了岩锤。"岩头是我在岭上打的，是我车子推来的，是我砌上墙的。我拆我的岩头，碍你什么事了？"

一谈到岩头，谁也不可能同煌宝把道理说得清了，不可能阻挡他瞪眼睛了。仲琪上前给书记帮腔："煌伢子，话不能这样说，岩头不是供销社的，也不是你的。你是队上的人，你打的岩头就是队上的。"

"这是哪来的道理？他滴水佬也是队上的，你的婆娘也成了队上的，是人都睡得，是不是？"

大家偷偷笑。

本义更加气得没说出话，滑出位置的下巴好一阵才拉了回原处。"好，你砸！砸得好！砸得好！老子，今天不光要扣你们的工分，还要罚得你们喊痛！不跟你们一二一，你们不晓得钉子是铁打的，猪婆是地上跑的！"

听说要罚，形势开始逆转，好几个人都变了脸色，上前去把志煌拖的拖，拦的拦。有的则往他手里塞烟丝。

"何必呢？有话好说，有话好说。"

"你莫害了别个。"

"剐工分就剐工分，你拆什么屋？"

"这墙我也有一份，你说砸就砸么？"

······

志煌气力大，肩膀左右一摆，把两旁的人都甩开了。"放心，我只要我的岩头，你们的我碰都不碰。"

这实际上是废话。他今天砌的是岩石，统统作墙基墙脚。要是把下面都掏了，上面的墙还可以悬在空中不成？

本义一扬手往远处走了。不过，跟着他屁股后头而去的兆青很快就跑来，笑眯眯地说，本义已经转了弯，说工分一分不剐，暂时不剐，以后再算账。大家一脸的紧张才松弛下来。见煌宝停了锤，七手八脚把他刚砸下来的岩头补回去。

回村的路上，好多人争着帮煌宝提工具篮子，说今天要不是煌宝在场，大家不都被滴水老倌活活地收拾了？不成了砧板上的肉？他们前呼后拥地拍煌宝的马屁，"煌宝"前"煌宝"后地叫个不停。在我看来，此刻的"宝"字已没有贬义，已回复了它的本来面目：宝贵。

△双狮滚绣球

志煌以前在旧戏班子里当过掌鼓佬，也就是司鼓。他打出的一套"凤点头""龙门跳""十还愿""双狮滚绣球"之类的锣鼓点子，是一股让人热血奔放豪气灌顶的旋风，是一串劈头而来的惊雷。有很多切分和附点音节，有各种危险而奇特的突然休止。若断若接，徐疾相救，在绝境起死回生，在巅峰急转直下。如果有一种东西可以使你每一根骨头都松散，使你的每一块肌肉都错位，使你的视觉跑向鼻子而味觉跑向耳朵，脑子里的零件全部稀里哗啦，那么这种东西不会是别的，就是志煌的"双狮滚绣球"。

一套"双狮滚绣球"，要打完的话，足足需要半个来钟头。好多鼓都破在这霹雳双狮的足下——他打岩锤的手太重了。

村里好些后生想跟他学这一手，但没有人学得会。

他差一点参加了我们的毛泽东思想文艺宣传队。他兴冲冲地应邀而来，一来就修油灯，就做锣锤，就用歪歪斜斜的字在红纸上写什么宣传队的制度，事事都很投入。对什么人都笑一笑，因为太瘦，笑的时候下半张脸只剩下两排雪白光洁的牙齿。但他只参加了一天，就没有再来了，第二天还是去岭上打岩头。复查去喊他，甚至许给他比别人高两成的工分，也没法让他回转。

主要原因，据说是他觉得新戏没有味道，他的锣鼓也没有施展的天地。对口词，三句半，小演唱，丰收舞，这些都用不上双狮来凑兴。好容易碰上一折革命样板戏，是新四军在老百姓家里养病，才让他的双狮露个头，导演一挥手就宰了。

"我还没打完！"他不满地大叫。

"光听你打，人家还唱不唱呵？"导演是县文化馆的，"这是一段文场戏，完了的时候你配一个收板就行了。"

志煌阴沉着脸，只得再等。

等到日本鬼子登场，场上热闹了，可以让志煌好好露一手了吧？没料到导演更可恶，只准他敲流水点子，最后响几下小锣。他不懂，导演就抢过锤子，敲两下给他看，"就这样，晓得不？"

"什么牌子？"

"牌子？"

"打锣鼓也没个牌子？"

"没有牌子。"

"娃崽屙屎一样，想丢一坨就丢一坨？"

"你呀你，只晓得老一套，动不动就滚绣球滚绣球。日本鬼子上场了，滚什么绣球呢？"

志煌无话可说，只得屈就。整整一天排练下来，他的锣鼓打得七零八落，不成体统，当然让他极端失望，只得告退。他压根上看不起导演，除了薛仁贵、杨四郎、程咬金、张飞一类，他也根本不相信世界上还有什么好戏，很难相信世界上还有很多他应该惊奇的事物。给他讲一讲电影戏的特技，讲世界上最大的轮船可以坐好多人，讲地球是圆的因此人一直往前走就可以回到原地，讲太空中没有重力一个娃崽的小指头也举得起十万八千斤，如此等等，他统统十分冷静地用两个字总结：

"诳人。"

他并不争辩，也不生气，甚至有时候还有一丝微笑，但他舔舔嘴巴，总是自信地总结："诳人。"

他对下放崽一般来说多两分客气，对知识颇为尊敬。他不是不好奇，不好问，恰恰相反，只要有机会，他喜欢接近我们这些读过中学的人，问出一些他百思不得其解的问题。他只是对马克思著作里答案判断太快，太干脆，常常一口否决没有商量余地：

"又诳人。"

比方，他是看过电影的，但决不相信革命样板电影里的武打功夫是练得出来的。"练？拿什么练？人家是从小就抽了骨头的，只剩下肉，台子上打得赢千军万马，下了台连一担空水桶都挑不起。"

在这个时候，你要说服他，让他相信那些武打演员的骨头还在，挑水肯定没有问题，比登天还要难。

△洪老板

收工的时候，我看见路边有一头小牛崽，没有长角，鼻头圆融丰满，毛茸茸地伏在桑树下吃草。我想扯一扯它的尾巴，刚伸出手，

123

它长了后眼一般，头一偏就溜了。我正想追赶，远处一声平地生风的牛叫，一头大牛瞪着双眼，把牛角指向我，地动山摇地猛冲过来，骇得我丢了锄头就跑。

过了好一阵，才心有余悸地来捡锄头。

趁着捡锄头，我讨好地给小牛喂点草，刚把草束摇到它嘴边，远处的大牛又哞叫着向我冲来，真是好歹都不吃，蠢得让人气炸。

大牛一定是母亲，所以同我拼命。我后来才知道，这只牛婆子叫"洪老板"，生下来耳朵上有一个缺口，人们就认定是罗江那边某某人的转世。那个叫洪老板的人是个大土豪，光老婆就有七八房，左耳上也有个缺口。人们说他恶事做多了，老天就判他这一辈子做牛，给人们拉犁拖耙还要挨鞭子，还前世的孽债。

人们又说，洪老板投胎到马桥来，真是老天有眼。当年红军来发动农民打土豪，马桥的人开始不敢动，见龙家滩的土豪也打了，砍了脑壳，没有什么事，这才跃跃欲试。可惜的是，等到他们拉起了农会，喝了鸡血酒，做了红旗子，才发现时机已经错过：附近像样一点的土豪全部打光了，粮仓里空空的只剩几只老鼠。他们不大甘心，打听来打听去，最后操着梭镖铳过了罗江，到洪老板所在的村子去革命。他们没料到那里的农民也革命了，说洪老板是他们的土豪，只能由他们来革，不能由外乡的人来革；洪家的粮只能由他们来分，不能由外乡的人来分。肥水不流外人田么。两个村子的农会谈判，没谈拢，最后动起武来。马桥（不仅仅是马桥）这边的人认为那边的人保护土豪，是假农会，假革命，架起松树炮就朝村子里轰。那边也不示弱，锣声敲得震天响，下了全村人的门板，抬来几架去糠的风车，堵住了入村的路口，还粉枪齐发，打得这一边藏身的林子树叶唰唰响，碎叶纷纷下落。

一仗打下来，马桥这边伤了两个后生，还丢了一面好铜锣，全班人马黑汗水流整整饿了一天。他们无法相信那边农民兄弟的革命觉悟竟然这样低，想来想去，一口咬定是洪老板在那边搞阴谋。对洪老板的深仇大恨就是这样结下来的。

他们现在很满意，事情公平合理，老天爷让洪老板来给马桥人背犁，累死在马桥，算是还完了债。这年夏天，上面抽调了一些牛力去开茶场，马桥只剩下两头牛。犁完最后一丘晚稻田，洪老板呼哧呼哧睡在滚烫的泥水里再也没有爬起来。人们把它宰了，发现它肺已经全部充血，差不多每一个肺泡都炸破了，像是一堆血色烂瓜瓢，丢在木盆里。

△三　毛

我还要说一头牛。

这头牛叫"三毛"，性子最烈，全马桥只有煌宝治得住它。人们说它不是牛婆生下来的，是从岩石里蹦出来的，就像《西游记》里的孙猴子。不是什么牛，其实是一块岩头。煌宝是岩匠，管住这块岩头是顺理成章的事。这种说法被人们普遍地接受。

与这种说法有关，志煌喝牛的声音确实与众不同。一般人赶牛都是发出"嗤——嗤——嗤"的声音，独有志煌赶三毛是"溜——溜溜"。"溜"是岩匠常用语。溜天子就是打铁锤。岩头岂有不怕"溜"之理？倘若三毛与别的牛斗架，不论人们如何泼凉水，这种通常的办法，不可能使三毛善罢甘休。唯有煌宝大喝一声"溜"，它才会惊慌地掉头而去，老实得棉花条一样。

在我的印象里，志煌的牛功夫确实好，鞭子从不着牛身，一天犁田下来，身上也可以干干净净，泥巴点子都没有一个，不像是从田里上来的，倒像是衣冠楚楚走亲戚回来。他犁过的田里，翻卷的黑泥就如一页页的书，光滑发亮，细腻柔润，均匀整齐，温气蒸腾，给人一气呵成行云流水收放自如神形兼备的感觉，不忍触动不忍破坏的感觉。如果细看，可发现他的犁路几乎没有任何败笔，无论水田的形状如何不规则，让犁者有布局犁路的为难，他仍然走得既不跳埂，也极少犁路的交叉或重复，简直是一位丹青高手惜墨如金，决不留下赘墨。有一次我看见他犁到最后一圈了，前面仍有一个小小的死角，眼看只能遗憾地舍弃。我没料到他突然柳鞭爆甩，大喝一声，手抄犁把偏斜着一抖，死角眨眼之间居然乖乖地也翻了过来。

让人难以置信。

我可以做证，那个死角不是犁翻的。我只能相信，他已经具备了一种神力，一种无形的气势通过他的手掌贯注整个铁犁，从雪亮的犁尖向前迸发，在深深的泥土里跃跃勃动和扩散。在某些特殊的时刻，他可以犁不到力到，力不到气到，气不到意到，任何遥远的死角要它翻它就翻。

在我的印象里，他不大信赖贪玩的看牛崽，总是要亲自放牛，到远远的地方，寻找干净水和合口味的草，安顿了牛以后再来打发自己。因此他常常收工最晚，成为山坡上一个孤独的黑点，在熊熊燃烧着绛紫色的天幕上有时移动，有时静止，在满天飞腾着的火云里播下似有似无的牛铃铛声。这时候，一颗颗疏星开始醒过来了。

没有牛铃铛的声音，马桥是不可想象的，黄昏是不可想象的。缺少了这种暗哑铃声的黄昏，就像没有水流的河，没有花草的春天，只是一种辉煌的荒漠。

他身边的那头牛，那是三毛。

问题是，志煌有时候要去石场，尤其是秋后，石场里的活比较忙。他走了，就没有人敢用三毛了。有一次我不大信邪，想学着志煌"溜"它一把。那天下着零星雨点，闪电在低暗的云层里抽打，两条充当广播线的赤裸铁丝在风中摇摆，受到雷电的感应，一阵阵地泄下大把大把的火星。裸线刚好横跨我正在犁着的一块田，凌驾在我必须来回经过的地方，使我提心吊胆。一旦接近它，走到它的下面，忍不住腿软，一次次屏住呼吸扭着颈根朝上方警戒，看空中摇来荡去的命运之线泼下一把把火花，担心它引来劈头盖脸的震天一击。

看到其他人还在别的田里顶着雨插秧，我又不好意思擅自进屋去，显得自己太怕死。

三毛抓住机会捉弄我。越是远离电线的时候，它越跑得欢，让我拉也拉不住。越是走到电线下面，它倒越走得慢，又是屙尿，又是吃田边的草，一个幸灾乐祸的样子。最后，它干脆不走了，无论你如何"溜"，如何鞭抽，甚至上前推它的屁股，它身体后倾地顶着，四蹄在地上生了根。

它刚好停在电线下面。火花还在倾泼，噼噼啪啪地炸裂，一连串沿着电线向远处响过去。我的柳鞭抽毛了，断得越来越短。我没有料到它突然大吼一声，拉得犁头一道银光飞出泥土，朝岸上狂奔。在远处人们一片惊呼声里，它拉得我一个趔趄，差点扑倒在泥水里。犁耙从我手里飞出，锋利的犁头向前荡过去，直插三毛的一条后腿，无异在那里狠狠劈了一刀。它可能还没有感觉到痛，跃上一个一米多高的土埂，晃了一下，踩得大块的泥土哗啦啦塌落，总算没有跌下来，但身后的犁头插入了岩石缝里，发出剧烈的嘎嘎声。

不知是谁在远处大叫，但我根本不知道叫的是什么。直到事后很久，才回忆起那人是叫我赶快拔出犁头。

已经晚了。插在石缝里的犁头咣的一声别断，整个犁架扭得散了架。鼻绳也拉断了。三毛有一种获得解放的激动，以势不可挡的万钧之力向岭上呼啸而去，不时出现步法混乱的扭摆和跳跃，折腾着从所未有的快活。

这一天，它鼻子拉破，差点砍断了自己的腿。除了折了一张犁，它还撞倒了一根广播电线杆，撞翻一堵矮墙，踩烂了一个箩筐，顶翻了村里正在修建的一个粪棚——两个搭棚的人不是躲闪得快，能否留下小命还是一个问题。

我后来再也不敢用这头牛。队上决定把它卖掉时，我也极力赞成。

志煌不同意卖牛。他的道理还是有些怪，说这头牛是他喂的草，他喂的水，病了是他请郎中灌的药，他没说卖，哪个敢卖？干部们说，你用牛，不能说牛就是你的，公私要分清楚。牛是队上花钱买来的。志煌说，地主的田也都是花了钱买的，一土改，还不是把地主的田都分了？哪个作田，田就归哪个，未必不是这个理？

大家觉得他这个道理也没什么不对。

"人也难免有个闪失。关云长还大意失荆州，诸葛亮是杀了他，还是卖了他？"等到人家都不说了，也走散了，志煌一边走还能一边对自己说出一些新词。

三毛没有卖掉，只是最后居然死在煌宝手里，让人没有想到。他拿脑壳保下了三毛，说这畜生要是往后还伤人，他亲手劈了他。他说出了的话，不能不做到。春上的一天，世间万物都在萌动，在暖暖的阳光下流动着声音和色彩，分泌出空气中隐隐的不安。志煌赶着三毛下田，突然，三毛全身颤抖了一下，眼光发直，拖着犁头向前狂跑，踩得泥水哗哗哗溅起一片此起彼伏的水帘。

志煌措手不及。他总算看清楚了，三毛的目标是路上一个红点。事后才知道，那是邻村的一个婆娘路过，穿一件红花袄子。

牛对红色最敏感，常常表现出攻击性，没有什么奇怪。奇怪的是，从来在志煌手里服服帖帖的三毛，这一天疯了一般，不管主人如何叫骂，统统充耳不闻。不一会，那边传来女人薄薄的尖叫。

傍晚的时分，确切的消息从公社卫生院传回马桥，那婆娘的八字还大，保住了命，但三毛把她挑起来甩向空中，摔断了她右腿一根骨头，脑袋栽地时又造成了什么脑震荡。

志煌没有到卫生院去，一个人捏着半截牛绳，坐在路边发呆。三毛在不远处怯怯地吃着草。

他从落霞里走回村，把三毛系在村口的枫树下，从家里找来半盆黄豆塞到三毛的嘴边。三毛大概明白了什么，朝着他跪了下来，眼里流出了混浊的眼泪。他已经取来了粗粗的麻索，挽成圈，分别套住了畜生的四只脚。又有一杆长长的斧头握在手里。

村里的牛群纷纷发出了不安的叫声，与一浪一浪的回音融汇在一起，在山谷里激荡。夕阳突然之间黯淡下去。

他守在三毛的前面，一直等着它把黄豆吃完。几个妇人围了上来，有复查的娘，兆青的娘，仲琪婆娘，她们揪着鼻子，眼圈有些发红。她们对志煌说，造孽造孽，你就恕过它这一回算了。她们又对三毛说，事到如今，你也怪不得别人。某年某月，你斗伤了张家坊的一头牛，你有不有错？某年某月，你斗死了龙家滩的一头牛，你知不知罪？有一回，你差点一脚踢死了万玉他的娃崽，早就该杀你的。最气人的是另一回，你黄豆也吃了，鸡蛋也吃了，还是懒，不肯背犁套，就算背上了，四五个人打你你也不走半步，只差没拿轿子来抬，招人嫌么。

她们一一历数三毛的历史污点，最后说，你苦也苦到头了，安心地去吧，也莫怪我们马桥的人心狠，也是没办法的事情呵。

复查的娘还眼泪汪汪地说，早走也是走，晚走也是走，你没看见洪老板比你苦得多，死的时候犁套都没有解。

三毛还是流着眼泪。

志煌脸上没有任何表情，终于提着斧子走近了它——

沉闷的声音。

牛的脑袋炸开了一条血沟，接着是第二条，第三条……当血雾喷得尺多高的时候，牛还是没有反抗，甚至没有叫喊，仍然是跪着的姿态。最后，它晃了一下，向一侧偏倒，终于沉沉地垮下去，如泥墙委地。它的脚尽力地伸了几下，整个身子直挺挺地横躺在地，比平时显得拉长了许多。平时不大容易看到的浅灰色肚皮完全暴露。血红的脑袋一阵阵剧烈地抽搐。黑亮亮的眼睛一直睁大着盯住人们，盯着面前一身鲜血的志煌。

复查他娘对志煌说："造孽呵，你喊一喊它吧。"

志煌喊了一声："三毛。"

牛的目光一颤。

志煌又喊了一声："三毛。"

宽大的牛眼皮终于落下去了，身子也慢慢停止了抽搐。

整整一个夜晚，志煌就坐在这双不再打开的眼睛面前。

△挂　栏

马桥的牛都有各自的名字。人们对牛还有很多说法，比如牛中间有"懂"牛，是指悟性好的牛；有"挂栏"的牛，是指养得亲的牛，不大容易被盗牛贼拐走。三毛虽然脾气丑一点，倒是一条挂栏的牛。

它死的两个多月前，两天没有见影子，队上派人四处寻找也一无所获，都以为它是找不回来了，早被盗牛贼杀了或卖了。没料到第三天晚上，我正在志煌的屋里下棋，志煌解了手回头，说他的牛鞭在墙上跳，肯定是有事了，有事了。兴许是三毛回来了。我们才刚刚出门，就听见有三毛的叫声，看见牛栏房前有一团熟悉的黑影。

它正在用头角嘎嘎嘎地顶着栏木，想进栏里去。它鼻子上吊着半截牛绳，尾巴不知为何断了大半，浑身有很多血痕，须毛乱糟糟的，明显地瘦了下去。想必是从盗牛贼那里逃出来以后在岭上钻来钻去，走了很远很远的路。

△清明雨

我无话可说，看见山冲里的雨雾一浪一浪地横扫而至，扑湿了牛栏房的一面土墙，扑皱了田里一扇扇顺风而去的水面，向前推去，一轮轮相继消逝在对岸的芦草丛里。于是草丛里惊飞两三只无声的野鸭。溪流的和声越来越洪大了，粉碎了，以致无法细辨它们各自本来的声音，也不知道它们来自何处，只有天地间轰轰轰汇成的一片，激荡得地面隐隐颤抖。我看见门口有一条湿淋淋的狗，对着满目大雨惊恐地叫。

每一屋檐下都有一排滴滴答答的积水窝，盛满了避雨者们无处安放的目光，盛满了清明时节的苦苦等待。

满山树叶都是淅淅沥沥的碎粒。

春天的雨是热情的，自信的，是浩荡和酣畅，是来自岁月深处蓄势既久的喷发。比较来说，夏天的雨显得是一次次心不在焉的敷衍，秋天的雨是一次次蓦然回首的恍惚，冬天的雨则是冷漠。恐怕很难有人会像知青这样盼望着雨，这样熟悉每一场雨的声音和气味，还有在肌肤上留下的温度。因为只有在雨天，我们才有可能拖着酸乏的身体回到屋里，喘一口气，享受弥足珍贵的休息机会。

我的女儿从不喜欢雨。春天的雨对于她来说，意味着雨具的累赘，路上的滑倒，雷电的可怕，还有运动会或者郊游的取消。她永远不会明白我在雨声中情不自禁的振奋，不会明白我一个个关于乡下日子的梦境里，为什么总有倾盆大雨。她永远错过了一个思念雨声的年代。

也许，我应该为此庆幸。

现在，又下雨了。雨声总是给我一种感觉：在雨的那边，在雨的那边的那边，还长留着一行我在雨中的泥泞足迹，在每个雨天里浮现，在雨浪飘摇的山道上落入白茫茫的深处。

选自《马桥词典》

作家出版社 1996 年版

作家的话 ◈

语言是人的语言，语言学是人学。迄今为止的语言学各种成果，提供了人类认识世界和人生的各种有效工具，推进了人们的文化自觉。但认识远没有完结。语言与事实的复杂关系，语言与生命的复杂关系，一次次成为重新困惑人们的时代难题。在这本书里，作者力图把目光投向词语后面的人，清理一些词在实际生活中的地位和性能，更愿意强调语言与事实存在的密切关系，感受语言中的生命内蕴。从某种意义上来说，较之语言，笔者更重视言语；较之概括义，笔者更重视具体义。这是一种非公共化或逆公共化的语言总结，对于公共化的语言整合与规范来说，也许是一种不可缺少的补充。

《马桥词典·编撰者序》

评论家的话 ◈

《马桥词典》利用一个个词条组织历史，树碑立传，这显然是一个罕见的实验，这需要不拘成规的想象力。这里包含了考证、解释、征引、比较，小小的叙事，场景，人物素描，如此等等。词典形式为韩少功的多方面才能提供了足够的活动空间。这种形式还可以看作一种怀疑的产物。韩少功对于传统小说所习用的表意单位——诸如故事、情节、因果、人物、事件——颇有保留。在他心目中，这些表意单位的人为切割可能遗漏历史的某些重要方面。《马桥词典》毁弃了传统小说所依循的时间、空间秩序和因果逻辑，宁可将历史的排列托付给词典的编写惯例，这是将偶然还给历史，还是证明历史的排列本来就是一种符号的任意规定？

南帆：《〈马桥词典〉：敞开和囚禁》

邵燕祥

只因他的思想变成铅字 ◈
—— 《顾准文集》 读后断想

　　邵燕祥，笔名雁翔、汉野平等。原籍浙江萧山，1933
年生于北京。1948 年就读于中法大学法文系。1949 年入华
北大学短期受训后，先后任中央人民广播电台资料员、编
辑、记者。1958 年被打成右派，下放劳动。1979 年平反，
调入中国作协编辑《诗刊》。少年时代起发表诗文。著有诗
集《到远方去》《含笑向七十年代告别》《在远方》《邵燕祥
抒情长诗集》等十多部。初期诗作融弥满的精力、豪情于
清新的艺术氛围之中；复出后的诗趋于深沉、清朗，诗境
日见宏阔博大，体现沉雄的历史感和现实激情。20 世纪 90
年代又以杂文写作名世，著有杂文集《蜜和刺》《忧乐百
篇》等，并有《邵燕祥文抄》（三卷本）行世。他的杂文犀
利而不激烈，明快而不失沉稳，文思飞动，意趣盎然。

一

读了《顾准文集》，忽然想起毕朔望 1979 年为张志新写的《只因》：

> 只因你牺牲于日出之际，监斩官佩戴的勋章上显出了斑斑血迹。
>
> 只因你胸前那朵血色的纸花，几千年御赐的红珊瑚顶子登时变得像坏猪肚一般可鄙可笑。
>
> 只因夜莺的珠喉戛然断了，她的同伴再也不忍在白昼作清闲的饶舌。
>
> 只因你的一曲《谁之罪》，使一切有良知的诗人夜半重行审看自己的集子。
>
> 只因你恬静的夜读图，孩子们认识了勇气的来历。
>
> 只因你的大苦大难，中华民族其将大彻大悟?!

不知道别人的感受怎样，这些诗行贴近我此刻面对顾准遗篇的心情。

1972 年到 1974 年，顾准正以他孤独病弱之躯拿起笔来，就"娜拉出走以后怎样"的问题写下这些通讯和笔记的时候，我却苟安于干校一角，后来又回京处在长期待分配中，因而自得于投闲置散，无所事事以为可以好好休息休息，从来没想过休息之后该干什么，更没想到同在一城中，有像顾准这样的人不知疲倦地作着严峻的思考。我这种庸人心态，很像我后来嘲笑过的，口口声声说要保存阵地，但在保存着的阵地上始终不放一枪一弹的那种情形。

我有什么资格来谈顾准呢？

满城争说顾准未必是好事。几乎所有满城争说的人和事，到头来都成过眼云烟，因为赶时髦的人一来随梆唱影，难免热闹一番完事。

而沉思的顾准，需要习于沉思、甘于沉思的人的理解，也只有好学深思并勇于探索的人能够接近他，同他对话。

<h2 style="text-align:center">二</h2>

顾准从理想主义到经验主义的精神历程，不是一朝一夕完成的；他的思想经过身心痛苦的磨炼和淬砺。

人们赞许他的胆识。一般地说，人可能有胆而无识，也可能有识而无胆。而在顾准，他的胆离不开他的识，他的识离不开他的胆；胆是先导，识是基础。古人以才、学、识并提。顾准的"识"，是把他的"才"和"学"相乘以"胆"，即绝不自囿于权威之见的理论勇气，敢于怀疑、敢于否定的科学批判精神。

顾准这样说明他对哲学问题和现实问题进行探索的心路：

> 我还发现，当我愈来愈走向经验主义的时候，我面对的是，把理想主义庸俗化了的教条主义。我面对它所需要的勇气，说

得再少，也不亚于我年轻时候走上革命道路所需的勇气。这样，我曾经有过的，失却信仰的思想危机也就过去了。

只有敢于直面惨淡的人生，敢于正视淋漓的鲜血，才谈得到通过对经验的总结去升华理论。假如连经验最表层的事实都不敢去揭示甚至不敢去接触，还侈谈什么对真理的探求呢？当然，我在这里还并不是说那些竭力阻挠人们面向残酷的真实的人，因为虚伪和欺骗本来就是他们的安身立命之所。

对于历史和现实中的问题，我们应该自省的是我们究竟有几分勇气面对事实？两千多年甚至更长时间的"普遍奴隶制"的阴影是不是还笼罩着我们：为尊者讳，为贤者讳，为长者讳，以至为流氓打手讳；不得罪于巨室，不得罪于上级，不得罪于朋友，以至不得罪于"群众"……一个时期我们听到不少对于"媚俗"的批评，而对源远流长的"媚上"现象（其尤甚者则是古所谓的逢君之恶），却似乎久久听不到什么批评了，莫非这种多年的老毛病已经根治了吗？

三

不是任何一种识见都堪称智慧的。机智诡巧不等于智慧，小聪明则更等而下之。我说顾准达到了智慧的境界，是因为他有关中国的命运、人类的未来的深沉思考，在当代属于先知先觉之列。不知道什么缘故，我们久久不用先知先觉、后知后觉和不知不觉这个系列概念，也不引用"以先知觉后知，以先觉觉后觉"的话了。然而在当代中国确还有先知先觉在，顾准就是这样的一个人。在几乎有着同样经历的人中间，走出理想主义的围城；他从马克思主义的营垒中来，"冒天下之大不韪"，重新认识马克思主义，下的绝对是"笨功夫"。

中国的东方专制主义，或者可以叫作皇权专制主义的特点，在顾准这里得到确认。我读到有关章节的时候，不知道为什么总在心里浮现蚂蚁、蜜蜂和猕猴的形象：在蚂蚁王国和蜜蜂王国，蚁王和蜂王是"受命于天"的，那蚁群和蜂群奔波觅食，而蚁王和蜂王凌驾于群落之上的秩序也似乎与生俱来，亘古不变。比蚂蚁和蜜蜂在生物学上进化程度更高一些的猕猴，每一群落的猴王，都是其中最强悍的公猴，经过一两年至多三四年的任期，就要发生争夺王位的厮斗，一只成年公猴要战胜群落内的全部公猴和群落外企图入群夺取王位的散猴，才能"成者为王"，获得在猴群里一切优先包括以强凌弱的统治权，乃至优先占有发情母猴交配的特权（只有同时发情母猴超过四只以上，才允许副王染指）。一个猕猴群落不过几十只大小猴子，蚁群和蜂群则是成千上万，尽管这样，比起人类的群体来都是具体而微了；而它们的一个共同点则是不存在理性的选择——在人类社会生活中，在多大的程度上摆脱了上述的模式，是不是可以说也正是从动物到人的进化和人类进一步文明化的重要标志呢？

顾准论证了从中国的传统文化中产生不了科学和民主，要确立科学和民主，必须彻底批判中国的传统思想。即以中国传统的政治文化来说，口头上的儒家本来就是牧民之学，而实际政治行为更多循着申韩之道，此所以权术以至阴谋诡计充斥着自古以来的政治史，这些都能在韩非的书里找到源流，韩非是最早对截至战国时代的君王专制统驭术作总结的一人。顾准在"评法批儒"的高潮里认为韩非在中国的历史上没起一点积极作用，个人道义也毫无可取，此论同样是"冒天下之大不韪"。可惜限于当时的条件，如同其他一些论点一样，未能充分地展开。不过，在今天的"国学"热里，在听到什么"用儒家的主体道德思想来培养'四有'新人"等调调的时候，顾准的字里行间仿佛吹出清新的风，荡涤着犹如地下宫殿里霉湿污浊的空气。

我是顾准的晚辈，然而也是从理想主义走向经验主义，从诗走向散文的。我缺少他那样的理论功力，对他所提出的涉及那么广泛的诸多命题，不是一下子都能消化并参与深入探讨的。但是我以为我能够理解顾准，对他的精神历程感同身受，我发现我的心和他相通，尽管在思想上我是远远迟到的。

四

顾准执着于他的执着，他执着地追求和探索是为了接近真理，但他从来没有以掌握了真理自居。真理一旦被认为已经为人所掌握，尤其是为权威者所掌握，就有被绝对化的危险。

似乎是莎士比亚留下一句名言："世界上只有一个金科玉律，就是没有金科玉律。"是不是同样可以说："世界上只有一个绝对真理，就是没有绝对真理。"

顾准曾慨叹"马克思的学生中未必有几个人能够懂得这一点"。而他，作为马克思的学生，没有把马克思视为教主，把自己视为教徒，而是作为马克思的同道和诤友，"毫不隐瞒自己的观点"。以马克思生前不断修正自己观点的风度看来，他是不会把顾准看成异己的。因此，我以为，倘若是一个与马克思有同样追求的人，或由这样的人形成的群体，有什么理由不能容纳顾准的思想以至顾准这个人呢？

选自《天涯》1996 年第 2 期

作家的话 ◈

有人说，当代不宜入史，说史应限于评述陈年往事。"明日黄花蝶亦愁"，昨天已经成为历史，今天即将成为历史，而"阳光之下无新事"，则说今一如道古，何况据说"所有的历史都是当代史"呢！

《史外说史·本卷说明》

推荐者的话 ◈

依我看，中国 20 世纪文学史上杂文创作最繁荣的两个时期是 30 年代和 80 年代，前一时期的杂文代表当然是鲁迅，而后一时期则是由一群修养极好又是无畏无惧的杂文家集团形成的，邵燕祥无疑是其中的佼佼者。这有三大卷的《邵燕祥文抄》为证，但我这次选了这篇在形式上并不怎么像杂文的作品，只是因为它涉及一个在当代中国思想史上非常重要的名字，这个名字使最无思想的时代发出了思想的光芒，"从理想主义到经验主义"，成为那个时代冲破现代迷信、真正追求真理的马克思主义者所走的思想历程。作者不但在文章里直言不讳自己对这一思想历程的认同，而且行文中渗透着强烈的爱憎情感和独有的语言风格，是一篇感情饱满的读书随笔。我们不妨对照也收入本书的陈独秀的《本志罪案之答辩书》，不难看出"五四"以来知识分子现实战斗精神的延续性和一贯性。

陈思和

林　白

过　程　◈

——赠人

　　林白，本名林白薇。1958 年生于广西北流。"文革"中下过乡，在农村时期开始写诗，1978 年考入武汉大学图书馆系，毕业后在广西图书馆、广西电影制片厂等处工作，现定居北京。1986 年起写小说，1994 年完成长篇小说《一个人的战争》，因比较深入地描写女性主人公的私人生活而引起争议，其他还著有长篇小说《青苔》《守望空心岁月》《说吧，房间》和中篇《致命的飞翔》《回廊之椅》《瓶中之水》等，风格趋向唯美。

一月你还没有出现，

二月你睡在隔壁，

三月下起了大雨，

四月里遍地蔷薇，

五月我们对面坐着，

　犹如梦中。

就这样六月到了，

六月里青草盛开，

　处处芬芳。

七月，悲喜交加，

麦浪翻滚连同草地，

　直到天涯。

八月就是八月，

八月我守口如瓶

八月里我是瓶中的水，

　你是青天的云。

九月和十月

是两只眼睛，装满了大海

你在海上

我在海下

十一月尚未到来

透过它的窗口

我望见了十二月

　十二月大雪弥漫

写于 1996 年 9 月 24 日

选自《作家》1997 年第 6 期

作家的话 ◈

　　以血代墨是一个惊心动魄的词，如果我们不是首先由此想到残缺、压抑、呐喊、眼泪这样一些过程与事物，我们至少会想到从血管里流出来的是血，从水管里流出来的是水这句至理名言，好在这句话已经成为与艺术的本质有关的语录得以畅行，这使以血代墨在它的衬托下显得不那么叛逆和充满破坏性。

　　有什么比这更高贵的呢？犹如大海遮盖海浪，月光笼罩冰山。我们的声音既是血液又是风，它的意义同风一样广阔，既通向光明又通往神秘的道路，既像静默那样进入心的最深处，又像轰鸣那样直接震荡我们的皮肤。以血代墨，这同时是心灵与皮肤给予我们的启示。

　　它们将到达怎样的倾听者那里呢？

《语词：以血代墨》

推荐者的话 ◇◇

　　我不认为诗中的"大雪弥漫"是绝望的意象，它应该是经过了无数次躁动后终于归一的恬静，是去除了世俗杂念后有天堂般的美丽和纯洁，它是真正的爱和情。不知作家是否同意我的解释，但之所以，我选择了这首诗。

陈思和

王小波
一只特立独行的猪

王小波（1952—1997），生于北京。代表作有长篇小说《时代三部曲》，即《黄金时代》《白银时代》《青铜时代》，散文集《沉默的大多数》等。

插队的时候，我喂过猪，也放过牛。假如没有人来管，这两种动物也完全知道该怎样生活。它们会自由自在地闲逛，饥则食渴则饮，春天来临时还要谈谈爱情；这样一来，它们的生活层次很低，完全乏善可陈。人来了以后，给它们的生活做出了安排：每一头牛和每一只猪的生活都有了主题。就它们中的大多数而言，这种生活主题是很悲惨的：前者的主题是干活，后者的主题是长肉。我不认为这有什么可抱怨的，因为我当时的生活也不见得丰富了多少，除了八个样板戏，也没有什么消遣。有极少数的猪和牛，它们的生活另有安排。以猪为例，种猪和母猪除了吃，还有别的事可干。就我所见，它们对这些安排也不大喜欢。种猪的任务是交配，换言之，我们的政策准许它当个花花公子。但是疲惫的种猪往往摆出一种肉猪（肉猪是阉过的）才有的正人君子架势，死活不肯跳到母猪背上去。母猪的任务是生崽儿，但有些母猪却要把猪崽儿吃掉。总的来说，人的安排使猪痛苦不堪。但它们还是接受了：猪总是猪啊。

　　对生活做种种设置是人特有的品性。不光是设置动物，也设置自己。我们知道，在古希腊有个斯巴达，那里的生活被设置得了无生趣，其目的就是要使男人成为亡命战士，使女人成为生育机器，前者像些斗鸡，后者像些母猪。这两类动物是很特别的，但我以为，它们肯定不喜欢自己的生活。但不喜欢又能怎么样？人也好，动物也罢，都很难改变自己的命运。

　　以下谈到的一只猪有些与众不同。我喂猪时，它已经有四五岁

148

了，从名分上说，它是肉猪，但长得又黑又瘦，两眼炯炯有光。这家伙像山羊一样敏捷，一米高的猪栏一跳就过；它还能跳上猪圈的房顶，这一点又像是猫——所以它总是到处游逛，根本就不在圈里待着。所有喂过猪的知青都把它当宠儿来对待，它也是我的宠儿——因为它只对知青好，容许他们走到三米之内，要是别的人，它早就跑了。它是公的，原本该劁掉。不过你去试试看，哪怕你把劁猪刀藏在身后，它也能嗅出来，朝你瞪大眼睛，嗷嗷地吼起来。我总是用细米糠熬的粥喂它，等它吃够了以后，才把糠兑到野草里喂别的猪。其他猪看了嫉妒，一起嚷起来。这时候整个猪场一片鬼哭狼嚎，但我和它都不在乎。吃饱了以后，它就跳上房顶去晒太阳，或者模仿各种声音。它会学汽车响、拖拉机响，学得都很像；有时整天不见踪影，我估计它到附近的村寨里找母猪去了。我们这里也有母猪，都关在圈里，被过度的生育搞得走了形，又脏又臭，它对它们不感兴趣；村寨里的母猪好看一些。它有很多精彩的事迹，但我喂猪的时间短，知道得有限，索性就不写了。总而言之，所有喂过猪的知青都喜欢它，喜欢它特立独行的派头儿，还说它活得潇洒。但老乡们就不这么浪漫，他们说，这猪不正经。领导则痛恨它，这一点以后还要谈到。我对它则不只是喜欢——我尊敬它，常常不顾自己虚长十几岁这一现实，把它叫作"猪兄"。如前所述，这位猪兄会模仿各种声音。我想它也学过人说话，但没有学会——假如学会了，我们就可以做倾心之谈。但这不能怪它。人和猪的音色差得太远了。

后来，猪兄学会了汽笛叫，这个本领给它招来了麻烦。我们那里有座糖厂，中午要鸣一次汽笛，让工人换班。我们队下地干活时，听见这次汽笛响就收工回来。我的猪兄每天上午十点钟总要跳到房上学汽笛，地里的人听见它叫就回来——这可比糖厂鸣笛早了一个半小时。坦白地说，这不能全怪猪兄，它毕竟不是锅炉，叫起来和汽笛还有些区别，但老乡们却硬说听不出来。领导上因此开了一个会，把它定成了破坏春耕的坏分子，要对它采取专政手段——会议的精神我已经知道了，但我不为它担忧——因为假如专政是指绳索和杀猪刀的话，那是一点门都没有的。以前的领导也不是没试过，一百人也治不住它。狗也没用：猪兄跑起来像颗鱼雷，能把狗撞出一丈开外。谁知这回是动了真格的，指导员带了二十几个人，手拿五四式手枪；副指导员带了十几人，手持看青的火枪，分两路在猪场外的空地上兜捕它。这就使我陷入了内心的矛盾：按我和它的交情，我该舞起两把杀猪刀冲出去，和它并肩战斗，但我又觉得这样做太过惊世骇俗——它毕竟是只猪啊；还有一个理由，我不敢对抗领导，我怀疑这才是问题之所在。总之，我在一边看着。猪兄的镇定使我佩服之极：它很冷静地躲在手枪和火枪的连线之内，任凭人喊狗咬，不离那条线。这样，拿手枪的人开火就会把拿火枪的打死，反之亦然；两头同时开火，两头都会被打死。至于它，因为目标小，多半没事。就这样连兜了几个圈子，它找到了一个空子，一头撞出去了；跑得潇洒至极。以后我在甘蔗地里还见过它一次，它长出了獠牙，还认识我，但已不容我走近了。这种冷淡使我痛心，但我也赞成它对心怀叵测的人保持距离。

我已经四十岁了，除了这只猪，还没见过谁敢于如此无视对生活的设置。相反，我倒见过很多想要设置别人生活的人，还有对被设置的生活安之若素的人。因为这个缘故，我一直怀念这只特立独行的猪。

（具体写作时间不详。最初收入杂文集《思维的乐趣》，北岳文艺出版社 1996 年 11 月版。）

作家的话 ◈

人有无尊严，有一个简单的判据，是看他被当作一个人还是一个东西来对待。这件事有点两重性，其一是别人把你当作人还是东西，是你的尊严之所在。其二是你把自己看成人还是东西，也是你的尊严所在。

推荐者的话 ◈

王小波的思想随笔常常在幽默诙谐之中，谈论严肃乃至沉重的主题。本篇初读使人觉得好笑，甚至有些滑稽；再读则不仅会发现它蕴含着严肃的思想内涵，还会让人品味出个中的辛辣乃至悲愤。文中说的是猪事儿，实则是讲人世。作者以鲜活而平凡的生活琐事作譬，引出重要的思想论题，这也是作者的议论深刻而不显枯燥的原因之一。全篇蕴含着令人警醒的主题，即对听任权势和命运摆布的否定与批判，对理性主义理想和独立自由精神的赞赏。作者就是一个特立独行的人，这只猪其实是作者自己理想的化身。在这只猪身上，体现了作者自嘲中的自许，又寓讽刺和批判于幽默诙谐之中。文章以夹叙夹议、虚实间杂的方式，谈论作者在插队落户期间所遇见的那头"特立独行的猪"，通过猪与猪、猪与人的反讽式对照，凸显和批判了"文革"时代的荒诞现实，并体现了超越历史时代的启示意义。文章语言犀利幽默、妙趣横生；既令人捧腹，又令人掩卷沉思。

宋炳辉

阎连科
年月日

阎连科，1958 年生于河南洛阳，中国人民大学文学院教授。著有中长篇小说《日光流年》《受活》《丁庄梦》《风雅颂》《四书》《炸裂志》等，作品被译成二十几种文字。中篇小说《年月日》最初发表于《收获》1997 年第 1 期。杂志发表后，同年《小说月报》《小说选刊》《新华文摘》《中华文学选刊》《中篇小说选刊》相继转发。获第二届鲁迅文学奖、第八届小说月报百花奖、第四届上海优秀中篇小说大奖。

千古旱天那一年，岁月被烤成灰烬，用手一捻，日子便火炭一样粘在手上烧心。一串串的太阳，不见尽止地悬在头顶。先爷从早到晚，一天间都能闻到自己头发黄灿灿的焦煳气息。有时把手伸向天空，转眼间还能闻到指甲烧焦后的黑色臭味。操，这天。他总是这样骂着，从空无一人的村落里出来，踏着无垠的寂寞，眯眼斜射太阳一阵，说瞎子，走啦。盲狗便聆听着他年迈苍茫的脚步声，跟在他身后，影子样出了村落。

先爷走上梁子，脚下把日光踢得吱吱嚓嚓。从东山脉斜刺过来的光芒，一竿竿竹子样打戳在他的脸上、手上、脚尖上。他感到脸上有被耳光掴打后的热疼，眼角和迎着光芒这边脸上的沟皱里，窝下的红疼就像藏匿了无数串烧红的珠子。

先爷去尿尿。

盲狗被先爷领着去尿尿。

半个月了，先爷和狗每天睡醒过来，第一桩事就是到八里半外的一面坡地上去尿尿。那面朝阳的坡地上，有先爷种的一棵玉蜀黍。就一棵，孤零零在这荒年旱天，绿得噼噼啪啪掉色儿。仅就一棵，灰烬似的日子就潮腻腻有些水汽了。尿是肥料。尿里有水，玉蜀黍所短缺的，都在他和盲狗蓄了一夜的尿中。想到那棵玉蜀黍有可能在昨夜噌噌吱吱，又长了二指高低，原来的四片叶子，已经变成了五片叶子，先爷的心里，就毛茸茸地蠕动起来，酥软轻快的感觉温暖汪洋了一脯胸膛，脸上的笑意也红粉粉地荡漾下一层。玉蜀黍一长仅就一片叶子，先爷想，槐叶、榆叶、椿叶，为啥儿都是一长两片呢？

你说瞎子，先爷回过头去，问盲狗说，树和庄稼为啥儿叶子长数不一样？他把目光搭在狗的头上，并不等盲狗作答，就又转回头来，琢磨着独自去了。把头抬起来，手棚在额门上，先爷顺着日色朝正西瞭望，看见远处山梁上光秃秃的土地呈出紫金，仿佛还有浓烈烈一层红的烟尘铺在土地上。先爷知道，那是歇息了一夜的地气，日光照晒久了，不得不生冒出来。再近一些，网网岔岔裂开的土地的缝隙，使每一块土地都如烧红后摔碎在山脉上的锅片。

村人们早就计划逃了，小麦被旱死在田地里，崇山峻岭都变得荒荒野野，一世界干枯的颜色，把庄稼人日月中的企盼逼得干瘪起来。苦熬至种秋时候，忽然间天上有了雨云，村街上便有了敲锣的声音，唤着说种秋了——种秋了——老天让我们种秋了——老人们唤，孩娃们唤，男人唤，女人唤，叫声戏腔一样悦人心脾，河流般汇在村街上，从东流到西，又从西流到东，然后就由村头流到山梁上。

——种秋了。

——种秋了。

——老天要下雨让我们种秋了。

这老老少少、黏黏稠稠的唤声把整个山脉都冲荡得动起来。本已落枝的麻雀冷丁儿被惊得在天空东飞西撞，羽毛如雪花一样飘下来。鸡和猪都各自愣在室门口，脸上厚了一层僵呆呆的白。拴在牛棚柱上的牛，突然要挣脱缰绳去，牛鼻挣裂了，青黑色的血流了一牛槽。所有的猫和狗，都趴在房顶上惊惊恐恐地望着村人们。

浓云密布了整三天。

三天间，刘家涧村、吴家河村、前梁村、后梁村、拴马桩村，全部耙耧人都把存好的玉蜀黍种子拿出来，赶在雨前把秋庄稼点种在了土地里。

三日之后，乌云散了。烈日一如既往火旺火辣地烧在山梁上。

半月之后，有村人锁了屋门、院门，挑着行李逃荒避旱去了。随之逃难的人群在三朝两日，便如蚂蚁搬家般大起来，群群股股，日夜从村后的梁路朝外面的世界拥出去，脚步声杂杂沓沓，无头无尾地传到村落里，砰砰啪啪敲打在各家的门窗上。

先爷是随着最后一批村人出逃的。农历六月十九，他走在几十个村人的中间，村人们说，往哪儿去？他说往东吧。村人们说，东是哪儿？他说正东是徐州，走个三五十天就到了，那儿人日子过得好。人们就往正东走。日光红辣辣地照在梁路上，脚下的烟尘升起落下时扑通扑通响。然走至八里半时，先爷不走了。先爷最后去他家田里尿一泡，回来就对村人们说，你们走吧，一直正东。

——你哩？

——我家地里冒出了一棵玉蜀黍苗。

——那能挡住你不饿死吗？先爷。

——我七十二了，走不够三天也该累死了。横竖都是死，我想死在村落里。村人们就走了。由近至远的一团黑色，在烈日下如慢慢消失的一股烟尘。先爷站在自家的田头上，等目光望空了，落落寞寞的沉寂便哐咚一声砸在了他心上。那一刻，他浑身颤抖一下，灵醒到一个村落、一道山脉仅剩下他一个七十二岁的老人了。他心里猛然间漫天漫地地空旷进来，死寂和荒凉像突然降下的深秋样根植了他全身。

这一天，当日越东山、由金黄转为红灿时，先爷和狗与往日无二地到了八里半的田头。他老远看见这块一亩三分地的中央，那棵已经赛了筷高的玉蜀黍苗儿，在红褐褐的日光下青绿绿如一股喷出的水。闻到了吗？他扭头问盲狗，说，多香呵，十里八里都能闻到这水津津鲜嫩嫩的苗棵气。盲狗朝他仰了一下头，蹭着他的腿，不言不语朝那棵苗儿跑过去。

前面是一条深沟，沟中蓄满的燥热，这当儿总是涌上来烫着先爷的脸。先爷把他仅穿的一件白布衫脱下来，揉成一团，在脸上抹一把。他闻到三尺五尺厚的一层臭汗味。多好的肥料呵，先爷想，等这棵玉蜀黍再长半月，就把这布衫洗了去，把洗衣水从村里端过来，让玉蜀黍过年一样吃一顿。先爷把布衫珍贵地夹到了腋下。那棵玉蜀黍走到他的眼前了，一拃高，四片叶，没有分出一片他想象的叶芽儿。在玉蜀黍苗顶看了看，把上面的几星尘灰轻拂掉，先爷心里的失落凉浸浸地淫了上半身。

狗在先爷腿上蹭几下，绕着玉蜀黍苗转了一圈，又绕着转了一个圈。先爷说瞎子，你远点儿转。那狗就站着不动了，哼出青皮条儿似的几声叫，抬起头来盯着先爷，仿佛有急不可耐的事情要去做。

先爷知道，它憋不住那泡尿水了。到地边的一棵枯槐树下取下挂着的锄（先爷用完的农具都挂在那棵槐树上），回来在玉蜀黍苗西边（昨天是在东边）嚓的一声刨了一个窝，说尿吧你。

不等盲狗撒完尿，猛然，先爷七十二岁的老眼被啥儿扎住了。眼角扯扯拉拉疼，继而心里噼里啪啦响起来，他看见玉蜀黍苗最下的两片叶子上，有了点点滴滴的小斑点，圆圆如叶子上结了小麦壳。

这是旱斑吗？我早上来尿尿，傍黑来浇水，怎么会旱呢？在弯腰直身的那一刻，狗的银黄色尿声敲在了先爷的脑壳上，明白了，那焦枯的斑点，不是因为旱，而是因为肥料太足了，狗尿比人尿肥得多，热得多。瞎子，我日你祖宗你还尿呀你。先爷飞起一脚，把狗踢到五尺之外，像一袋谷子样落在板死的土地上。我让你尿，先爷叫道，你存心把玉蜀黍苗烧死是不是？

狗茫然地立在那儿，枯井似的眼坑里冷丁儿潮潮润润。

先爷说，活该。然后恶了一眼狗，蹲下拉着嫩柔的玉蜀黍叶，看了看那青玉一样透亮的叶上的枯斑点，慌慌用手把锄坑中未及渗下的狗尿的白沫掬出一捧来，又把尿泥挖出几把丢在旁边，拿起锄，盖了那尿坑，用锄底板在虚土上踏了踏，对狗说，走吧，回家挑水来浇吧，不立马浇水淡淡这肥料，两天不到苗儿就被你给烧死了。

狗便沿着来路往梁上走，先爷跟在它身后，热乎乎的脚步声，像枯焦的几枚树叶打着旋儿飘落在烈日中。

然而，玉蜀黍苗的灾难就如先爷和狗的脚步声，跟着走去又跟着走来了。在它长到第六片叶子时，先爷去打水，到井边，有一股小旋风把他的草帽吹掉了。草帽在村街上骨碌碌朝前翻滚，先爷连忙去追。

那筛子似的一团风先慢后快，总有一丈的距离保持着，先爷一直追出村口。有几次都摸到草帽边了，那小旋风却又迈腿急跑几步把先爷落下来。先爷七十二了。先爷的腿脚大不如从前了。先爷想：我不要你这顶草帽好不好，全村除了我，再没有另外一个人，我开了谁家门还找不到一个草帽呢。先爷停下脚步，抬眼望去。山梁上孤零零一间草房子，庙一样竖在路边上，旋风一撞到那墙上，就陷着不走了。

先爷从从容容地到那墙下，朝减弱了的旋风踢几脚，弓身捡起那草帽，双手用力把草帽撕成一片一片，摔在地上，拿脚奋力踩着吼：

——我让你跑。

——我让你跟着旋风跑。

——有能耐你还跑呀你。

草帽便七零八落了。麦秸纯白的气息散开来，多少日子都是燥闷焦枯的山梁上，开始有了一些别的味道。先爷最后把扯不烂的帽圈揉成一团，丢在地上，踩上一只脚，在那帽圈上蹍了蹍，问说不跑了吧？你一辈子再也跑不了了，太阳旱天欺负我，你他奶奶的也想欺负我。这样说着时，先爷舒缓地喘着气，把目光投到八里半外的坡地去，看着看着他的脚在帽圈上不再动了，嘴里的自语也忽然麻绳一样断下了。

八里半坡地那边是漫山遍野火红的尘灰色，仿佛一堵半透明又摇摇晃晃的墙。先爷愣了愣，一下灵醒到那边的坡地上刮的不是小旋风，而是一场大风。他直立在烈日下的墙角前，心里轰然一声巨响，仿佛身后的墙倒塌下来，砸在了他的前胸后背上。

他开始急步地朝八里半坡地走过去。

远处摇晃的墙一样半透明的尘灰色，这会儿愈加浓稠着，起落荡动，又似乎是在那儿卷流的洪水的头，一浪起，一浪落，把山脉淹得一片洪荒汪洋。

先爷想，完了，怕真的要完了。

先爷想，刚才那股小旋风吹着我的草帽，把我引到山上来，就是要对我说前面坡地起了大风啦。先爷说，我对不住你哟小旋风，我不该朝你身上踢三脚。还有我的草帽，先爷想，它是好意才跟着旋风滚走哩，我凭啥就把它撕了呢？我老了，真的是老了。先爷说老得糊涂了，不分好歹了。先爷边想边说，自责声如扯不断的藤样从他嘴里一股一团地吐出来。当他感到心里平和下来时，远处黄浊的大风息止了，一直嗡嗡在耳里打仗一样的砰啪声，也偃旗息鼓了。突然降在耳旁的寂静，使他的耳根有一丝丝隐隐的疼。日光也恢复了它的活力，又强又硬，使田地里发出清晰炽白的吱嚓声，宛若豆荚在烈日下爆裂。先爷的脚步淡下来，喘气声开始均匀舒缓，像女人做鞋拉线一个样。坡地到了，先爷站在田头，却惊得站下了，呼吸血淋淋地被眼前的酷景一刀斩断了。

那棵玉蜀黍苗儿被风吹断了。苗茬断手指样颤抖着，生硬的日光中流动着丝线一样细微稠密的绿色哀伤。

先爷和狗搬到八里半坡地来住了。

先爷没有犹豫，就像一个看瓜的老人在瓜熟时必须住到瓜地一样，在那棵玉蜀黍的苗茬旁，埋下了四根椽子做桩柱，在四柱的腰上，拴平两扇门板，再在柱子顶上，苫了四领草席，就把家搬到坡地了。他在棚柱上钉满了钉子，把锅、勺、刷都挂在那些钉上，把碗装进一个旧的面袋，挂在锅的下面，再在地边崖下挖一个小灶，剩下的就是等着玉蜀黍茬儿重新发芽了。

忽然换了床铺，入夜后先爷用尽力气也睡不实落。天空中流动着月白色的焦热，他把唯一穿的裤衩儿脱了，赤条条地坐在铺上抽烟。烟明暗之间，他无意中望见了腿中的那样东西，如灯笼一样挑挂着，觉得丑极，就又穿上了裤衩。心里却想，我是彻底老了，它对我再也没有用了，再也不会带来一点快活了。有它还不如那棵玉蜀黍苗儿呢。玉蜀黍苗儿的每一片叶子都让我受活，如和自己年轻时羡爱的女人在村头或者井边立着说话一样，湿润润的轻松幽默悄息间就浸满了一个身。磕烟锅时，火点砸在田地的夜色上，把身边的盲狗震醒了。

先爷说，你睡醒了？

又说，你是瞎子，睡得香。我是明眼人，倒睡不着哩。

狗爬挪着过去舔了他的手。他把手摸在狗的头上，一把一把梳理它的毛。梳理着他就看见从瞎狗的两眼井洞里流出了两滴清清明明的泪。先爷擦了那泪说，老不死的太阳呵，你黑心断肠，把狗眼都给晒瞎了。想到狗眼被晒瞎那件事情时，先爷心里被什么牵拽了一下，忙把狗揽在怀里，一把一把去狗的眼上抹。狗的眼泪竟如两股泉样湿尽了他的手。那事谁也料不到，先爷想，无论哪年旱天，都是在村头搭上一架祭台，摆上三盘供品，两个水缸。在水缸里盛满水，缸面上画上水龙王。然后，把一只狗捆在两缸之间，让狗头仰着天，渴了给它喝，饿了给它吃，不饥不渴时就让它对着太阳狂烈地叫。往年往月，多则七天，少则三日，太阳就被狗吠咬退了，便就刮风下雨或者阴天了。可是今年，把这只从外村逃来的野狗捆上祭台，让它咬了半个月，太阳依旧炽热，准时地出，准时地落。在第十六天的正午时，先爷路过那祭台，发现两缸水被日晒狗饮，干了一个缸，另一个也见了烧焦的底，再看这只黑狗，毛都卷焦在一起，嗓子里再也叫不出声音了。

先爷放了狗，说你走吧，再也不会下雨了。

从祭台上下来的狗，往前走了几步，忽然直往墙上撞，掉回头来走，又往树上撞，先爷过去拉着它的耳朵一看，心里咚的一个惊吓，才知道狗的一双眼珠被太阳晒化了，只留下两眼枯井在它的额下面。

先爷收留了这只狗。

先爷想，幸亏收留了瞎狗，要不独自在这把耧山脉和谁说话哟。天已经凉爽下来了，一天的燥热开始消退。棚架上空的星月也开始收回它们的光，如拉渔网样，有青白色滴滴答答水淋淋的响。先爷知道，这声音不是水声，也不是树声、草声间或虫鸣的声。这是空旷无物的夜，在极度寂静中挤出来的沉寂的响动。他一把一把在狗的头上梳理着它的毛，沿着它的脊背，抚摸到尾部，重又把手拿到它的头上梳。狗已经不再落泪了。他梳着它的毛，它舔着他的另一只手，这一夜，他俩被一种相依为命的温馨浸泡着，淹没着，沟通着。

他说，瞎子哟，我们两个成家过日子，你答应不答应？有个伴儿活着该多有滋味呵。

它在他手心重重舔了舔。

他说，我活不了几年了，你能伴我到死就算我有个善终了。

它从他的手指一下舔到他的手腕上，长得仿佛有十里二十里。

他说，瞎子，你说咱那棵玉蜀黍还会发芽吧？狗没有再舔他的手。狗朝他点了一下头。他说是今夜生芽儿，还是明后天生芽儿？我瞇睡了，你别点头，我看不见了，你嗓子有声你就说话呀。你说是今夜生芽还是过了今夜生？先爷倒在棚架上，闭着双眼，暗淡了的棚影湿了水的薄纱般盖在他脸上。他不再在狗的脊背上抚摸了。他的手停在狗的脑壳上，安安然然睡着了。

先爷醒来已是日上三竿。他感到眼皮上有火辣辣针扎的疼，坐起来揉了眼，望着滚圆的一轮金黄依旧悬着时，心里骂了句日你祖宗八辈，有一天看我不掘了你太阳家的坟。之后他就看见了盲狗卧在地中央玉蜀黍的苗茬边。心里疑了一下，问说发芽了？狗朝他微微点了一下头，他便从棚上爬下来，到那儿果然看见一节嫩萝卜似的苗茬边，又长出了青红如水的一个小芽儿，跟刚生的皂角树芽一模样，半指长，嫩得似乎一摸就要掉下来，在太阳光下润泽如玉。

他想找一片树叶盖在那芽上，就到崖下的沟边绕了一大圈，空手走回来，又在小灶旁站了站，拿起锄去槐树上勾下一根长杈子，回来把树枝轻轻放在芽苗上，爬上棚架，取了自己的布衫，往那树枝上一搭，把那芽苗遮盖在了一片阴凉里。

他说，再也不敢有个长短了。

他说，瞎子，吃饭吧，吃啥哩？

又说，一大早有啥吃，烧玉蜀黍糁儿汤喝吧，晌午饭烧一顿好吃的。

新的玉蜀黍苗长到两片叶儿时，先爷回村里找粮食。他家里的粮食颗粒没有了。他想偌大一个村，各家的粮缸里漏下一把麦，罐里留下一撮面，也就够他和盲狗度过这场旱荒了。可是，回到村落时，他才忽然发现各家的门户都锁着，蛛网从村街的这边扯到那边。他先回到自己家，清清明明知道，粮缸已用炊帚扫过了，可还是趴在缸上看看，把手伸进面罐摸了摸。抽出手后，他把指头放在嘴里嘬了嘬，面香的纯白气味即刻在他嘴里化开来，哩哩啦啦流遍全身。他深深地吸口气，吞咽了那气味，出来在村街上立下来。斜照的日光，一层均匀的金液样在村落中流动，死静中间，能听到房檐上滴

162

落下来的日光的声响。先爷想，一个山脉的人都逃走了，贼不被晒死也被饿死了，我日你们奶奶，你们锁门是为了防我先爷吗？越是防我，我越要撬门翻墙，先爷说谁家能不留一些粮食呢？不留粮食荒旱过去回来吃啥儿？不留粮食锁门干啥儿？先爷在一家门口站住了。这是同姓本族一个侄儿的家。先爷又朝前边一家走过去，到了一家老寡妇的门口。老寡妇年轻时，每年冬天都给先爷做一双千层底装羊毛的靴。现在老寡妇死了，她儿子住着这个老宅院。想到这个宅院给他带来的温馨，总如岁月一样久远地留住在他空荡荡的心房里，先爷朝那大门上注目好一阵，又默默地朝前走过去。他的脚步寂寞而又响亮，早年绿水深林间的伐木声样，回荡在村落中，一家一家落锁的大门，便枯船一般从他脚下划过去。他终于把村落走了一个遍。太阳已是中天。午饭又该烧了。瞎子在这就好了，他嘟嘟囔囔说，它说让我翻谁家的墙，我就翻谁家的墙。

先爷对着山梁上叫——瞎子——瞎子——你说我到谁家找粮食好？

回答先爷的沉寂浩瀚无边。

先爷泄气了，就地坐下吸了一袋烟，又空手往八里半的坡地走。回到那儿，盲狗老远就摇着尾巴，顺着声音跑过来，用头在他的裤管上蹭着。先爷不理它。先爷到槐树上取下锄，到棚架下取了一只碗，从地头开始一锄一锄刨起来。第三锄之后，先爷刨出了两颗当初点种的玉蜀黍粒，黄灿灿完整无缺，被太阳晒得灼热烫手。先爷依着当初点种的距离，每一锄都刨出一粒、两粒种子。约有半条山梁长的工夫，空碗里就盛满了玉蜀黍种。

吃了一顿炒玉蜀黍粒。

就水吃炒玉蜀黍粒的时候，先爷和盲狗坐到棚架落下的阴凉里，冷丁儿哑然失笑了。各家地里都给我存得有粮食，先爷说，我到地里刨一天，够我们两个吃三天。然而到别家地里去刨时，却没那么容易了。他不知道人家点种时到底多远才落锄种一窝。还有许多家，当时为了赶在雨前把种子播下去，半大的男娃、女娃都掌锄刨窝了，他们锄高锄低，用力大小，点种的间距，七零八落，远不如先爷播种那样均匀有规律。在往年，各家播种是决然不让孩娃掌锄的。这大旱，把啥儿都给弄乱了。

先爷再也不能刨一天由他和盲狗吃上三天了。先爷出力流汗刨一天，顺手时可以吃两天，不顺手仅仅可以吃一天。玉蜀黍苗儿一天一天长高，静夜里它生长的声音细微而稚嫩，就如睡熟的婴娃儿的呼吸，那时候，先爷和狗坐在玉蜀黍的苗棵边，歇着刨了一天的身子，听着玉蜀黍的呼吸，感到浑身的骨关节酥热而又舒畅。月亮出来了，女人脸样一盘儿，挂在空旷的头顶，星星明丽在月亮周围，过年节时新衣服上的扣子般，缀结在宽大无比的一块纯蓝的绸布上。这当儿，先爷就要问盲狗，他说瞎子，你年轻时和几个母狗好？

狗就很茫然地和他对着脸。

他说你说实话瞎子，这儿没有别的人，只有咱俩，夜深人静的。

狗依旧茫然地和他对着脸。

不说就算了，先爷呼了一口气，几分沮丧地点着烟，对着天空说，年轻多好啊，身上有气力，夜里有女人。女人要是再聪慧，从田地回去她给你端上水，脸上有汗了她给你递蒲扇，下雪天给你暖被窝。夜里和她不安分，一早起床要下地，她还会说累了一夜，你多睡一会儿吧。那样的日子，先爷狠狠吸了一口烟，十里长堤一样吐出来，把手抚在狗背上，说，那样的日子和神仙的日子有啥儿两样呢。

先爷问，你有过那样的日子吗？瞎子。

盲狗沉默着。

先爷说你说瞎子，男人是不是为了那样的日子才来到世界上？先爷不再让盲狗答，他问完了自己说，我说是。又说不过老了就不是了，老了就是为了一棵树、一棵草、一堆孙男孙女才活着。活着终归比死了好。先爷说到这儿时，吸了一口烟，借着火光他看见玉蜀黍生长的声音青嫩嫩线一样朝着他的耳边走。把目光往玉蜀黍苗边凑过去，看见过膝深的苗顶忽然蓬散了，又有一叶新的芽儿从那淡紫浅黄中挣出来，圆圆一卷如同一根细柳笛。已经有九片叶子分分明明弓样弯在苗棵上。从地上站起来，拿锄在苗下刨了一个窝，他和盲狗都往窝里撒了尿，在窝里浇了三碗水，盖上土，三锄五落，又在玉蜀黍棵下围了一个小土堆。生怕突然又有一场大风，把苗棵再从根部吹断，先爷连夜回了村，找来四领苇席，在玉蜀黍周围四尺远处，桩下四根棍子，把那四领苇席院墙般围在棍上。扎那苇席的时候，先爷说瞎子，回村找些绳来，啥绳子都行。盲狗便深脚浅迹地沿着梁路摸索着走了，至月移星稀时分，它衔着先爷在那场风中撕烂的草帽回来。先爷便用那草帽带儿把苇席捆死在桩上。带子不够，又用了他自己的黑裤带。忙完这一切活计，东方已经泛白。

苇席圈儿在晨昏之中，如殷实农家门前围的一个小菜园。园中那棵孤独的玉蜀黍，旗杆样立在中间，过着一种富贵的生活，渴水饿肥，正午时还有草席在圆顶搭着给它遮阳，于是它欢欢乐乐疯长，五朝七日之后，竟把头探到外边来了。

问题是太阳总是一串一串，井水终要干枯了。先爷每天回村挑一担水，每桶水都要系十余次空桶，绞上来才能倒大半桶带沙的浑水。有一种恐慌开始从井下升上来，冷冰冰浸满了先爷全身。终于有一天，他把空桶系下去，几丈长的辘轳绳子全都用尽，才绞上来一碗水。要在井旁再等许久，另一碗才能从井底渗出来。

泉枯了，像树叶落了一样。

先爷想了一个法儿，天黑前把一床褥子系进井里，让它吸一夜井水，第二天早上把褥子从井底拉上，竟能拧出半桶水来。然后把褥子再系进井底，提着水回到坡地。洗锅水、洗脸水，次数不多的洗衣水，全都用来浇玉蜀黍，这样水倒也没有显出十分的短缺。从褥子上一股一股往桶里拧水时，水汽凉凉地飘散在烈日间。先爷和日光打仗样抢吸着那水汽，嘴里说，我七十二了，啥事儿没经过？井枯了你能难倒我？只要你地下有水，我就能把水抠出来。太阳你有能耐你把这地下的水晒干呀。

先爷总是胜利者。

一天，先爷在他侄儿家田里从早刨到晚，才刨出来半碗玉蜀黍粒。来日又换了一家地，却连半碗也没有刨出来。有三天时间，先爷和狗把一天间的三餐改成了两餐，把黏稠的糁儿汤饭改成了稀水糁儿汤。他感到事情严重了，他弄不明白，当初各家都兢兢业业把种子种在了田地里，种子没发芽，本该一粒一粒都还埋在褐土下。看到瞎子的肋骨从它的毛间挣跳出来时，先爷心里嗖的一声冷噤了。他掐了掐自己的脸皮，能把皮子从脸上扯起半尺高，脸皮好像一张包袱布样兜着一架骷髅头。他感到身上没有力气了。把水褥子从井下绞上来要无休无止地歇几歇儿。先爷想，我不能这样饿死呀。

166

先爷说，瞎子，我们不能不跳人家院墙了。

先爷说，算借吧，落一场雨，来年有收成我就还人家。

先爷提了一个布袋，摇摇晃晃回村了。狗跟在他身后，走路连一点声息都没有。他把大拇脚趾勾起来，用脚趾尖和脚跟挨着地，让脚心桥起来，躲着地面红火火的烫。盲狗则每走几步，都要把前蹄抬起用舌头舔一舔，八里半路他们似乎走了有一年，到村口的一个牛圈下，先爷闪到墙阴下，脱掉鞋子不停地用手搓着脚。

狗在墙阴下奄拉着舌头喘了几口气，在一家墙角跷腿滴了几滴尿。

先爷说，那就先借他家的存粮吧。他从布袋里取出一柄斧，把大门上的锁给砸开来。推门走进去，径直到上房屋门口，又砸开上房的锁，一脚踏进屋里，先爷猛地看到正屋桌上的灰尘厚厚一层，蛛网七连八扯。在那尘上网下，立着一尊牌位，一个老汉富态的画像。像上穿长袍马褂，一双刀亮亮的眼，穿破尘土，目光噼噼啪啪投在了先爷身上。

先爷怔住了。

这是老堡长的家。老堡长死了才三年，目光还活生生锐辣辣的呢。瞎子，你也真是瞎子呵，先爷想，你怎么能把尿撒在堡长家门口呢？先爷把斧子靠在门框上，跪下给堡长磕了三个头，深躬三拜，说堡长哟，耙耧山脉方圆数百里，遭千年不遇的旱荒了，男女老少都逃难去了，一个村、一个世界只剩下我和瞎子了。我们留下来守村落。我们已经三天没有正经吃过一顿饱饭了，今儿先到你家借些储存，明年还时决不缺斤短两。又说，堡长哟，你忙你的吧，我知道这旱荒年月各家粮食都藏在哪。话毕，先爷从地上起来，拍拍膝上的土，提着粮袋到东间里屋去，潦潦草草看了罐，看了缸。不消说，缸罐都清清白白的空。然先爷不懈气，他仿佛知道谁家的存粮都不会盛在鲜明的缸罐里。该去床下找。借着从窗子里透过的阳光，他把东屋的床下看得格外仔细。这年月逃难走了，谁把粮食摆着留给盗贼呢？是我也要把粮食埋到床下去。可堡长家的床下除了生白碱的青瓷尿盆，委实干净得没有一丝虚土的痕迹。先爷又挪动了空缸空罐，找了找桌子下边，翻了柜里柜外，砰啪之声在三间屋里不绝于耳，直折腾进去许多时间，身上、脸上的蛛网，尘土满天满地，也没有找出一粒粮食。

先爷从里屋出来拍着手上的灰说，堡长呀堡长，你活着时候我没有做过任何对不住你的事，尽管我生日比你大半月，可我一辈子见你都叫哥，你家没有余粮你就说话呀，你让我在这白白翻腾半天，好像我的力气用不完似的，好像离开你家就借不到粮食似的。

堡长自然不语。

堡长不言语，先爷就几分睥睨地斜了他一眼，说也真是，白让我给你磕头三拜。之后，先爷拍了拍卧在门口的盲狗的脸。走，先爷说，就不信月亮一落就不见星星了。

依原样关了堡长家的门，把坏锁挂在门扣儿上，先爷一家一家进，一连撬砸了十几把锁，进了七户人家，粮缸粮罐，柜里柜外，床下桌下，家家都找得细如发丝，终还是没有找到一粒粮。从第七家出来时，先爷拿了一杆称饲料的秤、一杆马鞭子（这是一家大车户，先爷帮他家赶过车），到村街惘然地立下来，把秤丢在路边，把鞭子扔在地上，说我要秤干啥？能找到粮食时，我可以用秤称一称，来年也好如数还人家，可粮食在哪呀？说我要鞭子干啥，虽然鞭能如枪护身子（先爷曾一鞭抽死过一只狼），可一个山野的动物都逃了，连个兔子都没有，这鞭不是一根废鞭嘛。各家大门的板缝都被晒得比先前宽许多，先爷眯眼朝天上瞅了瞅，看日已中天，又到了午饭时，还没有闻到一丝粮食味，心里慌慌的感觉漫无边际地升上来。他让盲狗坐在村街上，说你在这等着吧，两眼瞎黑，到谁家你也看不到粮食藏在哪儿。然后他就朝另外一条胡同走去了，先爷专挑日子富足的人家才撬锁，可一连又三家，手里的粮袋依然空空瘪瘪。从那条胡同回来时，日光把他的脸照成了青白色，紫亮的斑点在脸上闪闪烁烁，晦气又浓又烈地在满脸的沟壑之间淌动着。他手里提了一个盐罐。盐罐里有半把盐粒。先爷在嘴里含了一颗盐，过来又给狗的嘴里塞了一粒盐。

狗用盲眼盯问他，难道没有找到一把粮食吗？

先爷不作答，忽然拿起地上的鞭子，站在路的中央，对着太阳噼噼啪啪抽起来。细韧的牛皮鞭，在空中蛇样一屈一直，鞭梢上便炸出青白的一声声霹雳来，把整块的日光，抽打得梨花飘落般，满地都是碎了的光华，满村落都是过年时鞭炮的声响，直到先爷累了，汗水叮叮咚咚落下，才收住了鞭子。

盲狗惘然地立在先爷面前，眼眶润润地湿下来。

先爷说，瞎子，不用怕，以后有我的一碗，就有你的半碗，宁可饿死我，也不会饿死你。

盲狗眼里涌出了泪珠。泪珠嘭的一声掉落下来，在地上砸出了两个豆似的小坑。

走吧，先爷提了盐缸，拿了鞭子和秤，说回坡再刨种子去。

然而，刚走两步，先爷的脚便钉在了地面上。他看见一群要从村外进村的老鼠，每一只都如丰年一样又圆又胖，黑亮亮在村口一堵墙阴下，不安地盯着村落里，盯着先爷和盲狗。霎时，先爷的脑里哗哗啦啦有一扇大门洞开了。

先爷笑了笑。

这是村人逃难后先爷第一次笑出声，呵呵的声响如文火炒豆般又沙哑，又脆响。先爷说，饿死天，饿死地，还能饿死我先爷？

先爷领着盲狗迎着惊呆的老鼠走过去，说瞎子，你知道粮食都藏在哪儿吗？我知道，先爷我知道。

当夜，先爷在山坡地里，就刨了三个老鼠窝，弄出了一升玉蜀黍种子粒。先爷前半夜在棚架上浅浅睡一觉，至下夜时分，月明星稀，地上融融一片明亮时，先爷让瞎子在那棵玉蜀黍的苇席旁守护着，自己独自到刨不出种子的田地中央坐下来，屏住呼吸，一动不动，这样静过半个时辰，他就听到了老鼠叽叽的叫声，不是欢乐的嬉闹，就是争食的打斗，再把耳朵贴到地面上，摸准老鼠尖叫的方位，在那里插一根棍子做标记，回去扛了锄来，绕着棍子翻三尺远近，一尺深浅，准有一个鼠窝。鼠窝里居然有大半碗玉蜀黍的种子。一粒不落，连鼠屎带种子捧到碗里，先爷就到第二块刨不出种子的地里如法炮制。

很长一段时间，先爷的日子过得忙碌且充实。一早起床，回村去绞拧井里的水褥子，回来吃过饭后，把粮食中的鼠屎拣出来，盛在一个碗里，碗满后就埋在那棵玉蜀黍旁。中饭之后，午觉是一定要睡的，棚架上的日光虽然利锐，却没有地上蒸腾的热气，有时还刮一些温凉的风，觉也睡得踏实，一觉醒来，已经到了日红西山。起床再回村去拧半桶水来，暮黑便如期而至了。吃过夜饭，和狗一道，陪着玉蜀黍在阴怖的沉寂中坐着纳凉，向狗和玉蜀黍提一些他最常思考的问题，如为啥庄稼总是一片一片叶儿长，问得狗和玉蜀黍哑口无言，他就点上一袋烟，长而又长地吸一口，说还是我对你们说了吧，因为它是庄稼，它就得一片一片叶子长；因为人家是树木，人家就得两片两片叶子长。有些夜晚，风习习地吹着，先爷会向狗和玉蜀黍提些更为深奥的问题。他说你们知道吧，老堡长活着时，村里来过一个做学问的人，他说这地球是转的，转一圈就是一天，你们说这做学问的人是不是在放屁？地球是转的为啥我们在床上睡时没有把我们倒下床？为啥缸里的水没有倒出去，井里的水没有流出来，人为啥总是头朝着天走路？先爷说，照那人的话说，地球是吸着我们才睡着了不会掉下床，可你们想，地球吸着我们，我们为什么走路还能抬起脚？这样黑洞一样模糊深刻的问题，先爷谈论时，脸上的神圣便正经八百，手里燃了的旱烟也顾不上再吸了。到最后，疑问全都水落石出摆在了狗和玉蜀黍的面前，先爷便极懊悔地倒在田地里，把脸和天平行着，让月色洗着他的脸，说我太给那读书人面子了，他在村里住了三天，我都没有去问他。我怕当着全村人的面他答不出来脸上挂不住。先爷说，他是靠学问混饭吃，我不能砸了他的饭碗呀。

玉蜀黍棵长得一帆风顺，叶子宽得和巴掌样，一层层从地面直到苇席外。它已经高出苇席两头，夜间生长的嗓音都变得粗大暗哑。再过些许日子，个头就算长成了。先爷为了进出方便，拆开了一面苇席，他七天前进去和玉蜀黍棵比了个儿，玉蜀黍棵也就到他脖子下，又两天就到了他额门前。今儿，先爷又一比，它的顶竟高过他的发梢了。先爷想，再有半个月，它就该冒顶了，再半月就该吐穗了。三个月之后，就该有一棒玉蜀黍穗儿了。先爷想到在这秃无人烟的山脉上，他种出了一棒穗儿，剥下有一碗粒儿，颗颗都如珍珠般，在旱过雨落不久，村人们自世界外边走回来，可以用这一碗粒儿做种子，一季接一季，这山脉上又可以汪汪洋洋无垠着玉蜀黍的一片绿世界，我死了他们得给我的坟前立一块功德无量碑。

先爷自言自语说，我真的是功德无量呢。这样说着时，他就舒舒坦坦进了梦乡。或这样说完梦话后，他还依然在梦里，人却从棚架上爬下来，到那棵刚锄过的玉蜀黍边，又精精细细地锄一遍。静夜中的锄地声，单调而又嘹亮，像一曲独奏的民间音乐，在山脉上声悠声曼地传出很远很远。锄完地，他没有回去睡，又扛上锄到别的地块屏住呼吸，寻找鼠窝里的玉蜀黍种子了。至来日醒来，他发现原来的空碗里盛满了玉蜀黍粒儿和鼠屎，他会站在碗边愣许久。

棚架柱上挂的那个粮袋子，已经装了半袋玉蜀黍，把他日子中的忧虑挤得无影无踪了。三天前的午时候，先爷正睡觉，盲狗忽然把他从棚架上哼哼叽叽扯拉醒，咬着他的布衫儿，把他引到几十步外的一块田地角儿上，到那儿先爷就发现了一个老鼠洞，洞里有满满一捧玉蜀黍粒，回去称了有四两五钱重。原来盲狗可以找到鼠洞了，它在一块田里懵头懵脑兜圈子，鼻子嗅着地，有鼠窝的地方它便欢欢乐乐对着天空叫。

粮袋儿迅速胀起来，先爷再也不用夜半三更潜到地里屏息静气了。他只消把盲狗领到地里，那田里的鼠窝便可以一个不漏地出现在先爷的锄下边（有一半鼠窝没有粮）。无论如何，粮食是有节余了。那个粮袋几天间就满到口上了。然而，先爷在高枕无忧时，忘了他该迅疾地把山脉上的鼠洞都挖掉，他不知道那些老鼠已经不再从点种的种子窝里把玉蜀黍粒儿刨出来，吞在嘴两侧，把它们运回到窝里存起来。老鼠们被狗的叫声和先爷的锄声惊醒了，它们和先爷比赛似的消耗着它们的存粮。直到有一天，太阳似乎比先前近了许多倍，一个山脉的土地都成了一块烧红的铁板时，先爷睡不着，想把粮食称一称，取出那杆秤，在阴处校了秤盘是一两，可到日光下一校，秤盘却是一两二。先爷有些惊疑，把秤拿到更毒日光的山坡上，秤盘却又成了一两二钱五。

先爷愕然了。原来日光酷烈时，晒在秤盘上是能晒出斤两的。他跑到山梁上，在梁道上秤盘是一两三钱一，揭去一两盘，日光就是三钱一分重。先爷一连跑了四个山梁子，山梁一个比一个高，最高山梁上的日光是五钱三分重。

从此，先爷就不断去称日光的重量了。早上日出时，日光在棚架周围是二钱，到午时就升到四钱多，落日时分又回到二钱重。

先爷还称过饭碗重多少，水桶有多重。有一次他称盲狗的耳朵时，狗一动秤杆打在他脸上，他在狗的头上狠狠打了一脑壳。

当先爷又一次想起一碗一碗称那一袋粮食的重量时，已经是称过日光的四天后，那一袋玉蜀黍已吃下了好几成，把一碗一碗的重量算计到一块儿，先爷就有些木呆了。剩下的粮食最多够他和瞎子吃半月，这当儿他才想起他和盲狗有好多天没有到田里去寻鼠洞了。

哪料到，为时已晚呢。几天间老鼠们有了召唤似的，都已经把洞里的储粮吃完了。整整一个下午，他领着盲狗找了七块坡地，挖了三十一个鼠洞，人累得筋酥骨断，才刨出八两玉蜀黍粒。日落时分，从西山过来的血色余晖，火烬样落在山梁上，卷了一天叶子的玉蜀黍叶开始吐下一口长气缓缓展开，先爷端着那半碗夹杂了鼠屎的玉蜀黍粒，灵醒到这山脉上的老鼠已经开始和他与瞎子争夺粮食了。

先爷想，它们都把粮食搬运到哪儿去了呢？

先爷想，你再聪慧，你还能慧过我先爷？

当夜，先爷和狗到更远的田地里去偷听老鼠叫，一整夜换了三块地，耳朵里依然清清白白，没有听到一丝鼠声。东方发亮时，先爷和狗往回走，他问狗说是老鼠们都搬家了吗？搬到了哪里呢？它们搬到哪，哪儿有粮食，我们必须得找到它们哩。日光在狗的枯眼上照得生硬绝情，狗把它的头扭向一边，背着日光走。它没有听到先爷的话。

先爷问，老鼠们会不会躲在哪儿和你我作对呀？

狗的脚步站住了，它扭头捕捉着先爷的脚步声。

回到棚架下，查看了有孩娃手腕租的玉蜀黍棵，先爷该去村里绞拧井下的水褥了。挑上两个水桶，让狗和他一道去，狗却卧在棚柱下边不动弹。先爷说，走呀你，到村里看看村里的老鼠都住谁家里，住谁家我们去谁家找粮食。狗才和他一道回村了。在村落里，除了在井里绞上来两只喝水淹死的小老鼠，在街巷他们撬了门户的人家，连一只老鼠的影子都没有。先爷挑着小半桶水回到八里半的坡地时，事情却翻天覆地了。他们距坡地还有里余，狗突然惶惶不安起来，不时发出一些半青半紫的吠叫，一条一块，带着瘀血的颜色和腥气。先爷加快了脚步。爬上一面山梁，坡地出现在眼前时，盲狗突然不再哼叫了。它疯了似的朝棚架田地箭过去，有几次前腿踏在崖边差丁点没有掉下去。随着它嘭嘭啪啪的脚步声，硬板地里的日光被它踩裂开，响出一片玻璃瓶被烧碎的白炽炽的炸鸣。跟着它一落一跃的起伏，尖厉狂烈的吠叫也血淋淋地洒在田地间。

先爷顿时呆住了。

先爷立在田头的远处，从狗吠的缝隙中听到了细雨般密密麻麻的老鼠的叫，再把目光投到田中央的棚架下，就看见挂在棚柱上的那一满袋粮食落在棚架下，散开来摊了一地，在板结的地面上滚来滚去。一大片灰黑的老鼠群，三百只，或是五百只，再或上千只，它们在棚架下争夺着那些玉蜀黍粒，从东窜到西，又从西跳到东，玉蜀黍粒在它们脚下翻滚着，在它们嘴边漏落着，窸窸窣窣的碎嚼声和老鼠们欢歌笑语的叽哇声，汇在一起如暴雨一样在这面坡地遍洒着。先爷呆住了。肩上的半桶水忽然滑下来，有只桶叮叮当当往沟底滚过去。太阳在棚架下的一层鼠背上，闪烁出青灰色的光，像一堆干柴将燃未燃，浓烟下正有旺火生孕的那一刻。他木然地立着，看见瞎子扑到那儿，头撞到了棚柱上，顿时空中血浆横飞，地面上一片惊怔，狗和老鼠都陷在了死寂的眩晕中。稍后醒转过来，盲狗原地打着转儿狂吠，为自己看不到老鼠在哪儿，急得用爪子去打棚柱子。老鼠们没有发现它的双眼失明了，被它的狂怒吓出了满地青黑墨绿的叫。一片惊慌声，一片叫骂声，寂静了两个来月的山脉突然沸沸腾腾。先爷从老鼠群中跑过去，踩到一只硕大的鼠背上，所到脚下一声尖厉的惨叫，另一只脚的脚面就感到溅落上去的鲜血滚烫如刚泼上去煮开的油。先爷径直跑到苇席边，一个侧身闯进去，不出所料，两只口渴的老鼠正在吃那青绿如水的玉蜀黍棵。听见先爷咚的一声撞进苇席内，它们极细小的一个惊怔后，就从苇席缝中逃走了。看玉蜀黍棵还笔直笔直立在日光里，先爷高悬的心啪啦一声落下来。转身来到苇席外，看见棚架下的粮袋里，还蠕动着几只饿急了的黑老鼠，他操起苇席上靠的锄，砸在了粮袋上，立刻就有红珠子样的东西飞在了日光下。跟着又是扑扑通通三五锄，鼠毛飞舞，满地血浆，剩余的几十只老鼠，麻乱下一片惊叫，漫无目的地朝四周射过去，一眨眼就不见踪迹了。

盲狗不咬了。

先爷扶着锄立在那儿喘粗气。

太阳下到处是红浆浆的颜色和膻味。

耙楼山脉即刻安静下来了，死静又浓又厚比往日沉重许多倍。他猜想老鼠成千上万都藏在这附近，先爷一离开，就会再次扑过来。他往四周黄金亮亮的山脉上扫望一阵子，坐在锄把上，捡着地上的玉蜀黍粒，说瞎子，以后咋办呢？你能守着这儿吗？盲狗卧在被日光烧焦的土地上吐着细长的舌头，和先爷对了一个脸。先爷说没水了，我、你和玉蜀黍没有一口水喝了。

这一天先爷没烧饭。他和盲狗饿了一天，入夜后，他俩守在玉蜀黍棵的苇席旁，生怕来两只老鼠，只几口就把那棵玉蜀黍咬倒，守熬至天亮，也没有见到老鼠来。至来日正午时，先爷看玉蜀黍叶儿晒卷了，才把一对空桶挑上肩。

先爷说，瞎子，你守好玉蜀黍。

先爷说，你卧在阴处，把耳朵贴在地上，有一丁点响动就对着响处叫。

先爷说，我挑水去了，你千万留心。

先爷挑着半桶水走回来，一切都安然无恙。只是他从井里把水裤子绞上地面时，裤子上有四只喝水胀死的鼠，每一根毛都竖起来，倒是毛间的虮子还活生生地爬动着。饱饱吃了一顿饭，又要把玉蜀黍粒儿放在两块石头上砸成细碎的糁儿时，先爷开始犯愁了。玉蜀黍粒被一场鼠灾吃得仅剩下小半袋。先爷称了称，还有六斤四两，一天三顿就是吃半饱，他和盲狗也得吃一斤。六天以后怎么办？

太阳又将落山了，西边的山梁被染得血红一片。先爷望着那红中的五颜六色，想断粮的这一天终是来了，想断水的那一天也许就在三朝两日之后。他扭头看看已经开始冒出红白顶儿的玉蜀黍，想算算它还有多少天吐缨，多少天结穗，却忽然想起有许多许多日子，他不记得时日了，不记得眼下是几月初几了。猛然发现，他除了知道白天、黑夜、早上、黄昏、月落、日出等一天间的时间外，其余几月初几都失去了。他感到脑子里一片空白。他说瞎子，立秋过了吧？却又不看狗，自己喃喃说，说不定都已经处暑了，玉蜀黍冒顶是处暑前后的事。

先爷眯缝着眼，在微凹的石面上锤砸玉蜀黍粒，他看见瞎子在地上嗅一会儿，便衔着一只死了两天的老鼠朝沟边走过去，到了离崖头还有几尺远，用头一甩，把那死鼠丢进了沟里。

先爷闻到了淡淡一股热臭的味。

狗又叼着一只死鼠往沟边走去了。

得弄一本万年历，先爷盯着狗，想没有一本万年历就没有几月初几了，没有几月初几就不知道玉蜀黍到底啥时候成熟了。也许距熟秋还有一个月，也许还有四十天，可这么一段千里万里的日子每天吃啥儿？田地里的种子，都已被老鼠们吃得净尽。先爷缓缓抬起头，听见遥远的西边，有了一声叽哇的惨叫，把目光投到最远处，通过两道山峰的中间，看到太阳被另一道山峰吞没了。留下的红灿灿的血渍，从山顶一直流到山底，又漫到先爷的身边来。顷刻，一个世界无声无息了。又将到一天中最为死静的黄昏和傍黑之间的那一刻。要在往年往月，这一刻正是鸡上架、雀归巢的光景，满世界的啁啾会如雨淋一样降下来。可眼下什么都没了，没了牲畜，没了麻雀，连乌鸦也逃旱飞走了。只有死静。先爷看着血色落日愈来愈薄，听着那些红光离他越来越远如一片红绸被慢慢抽去的响动，收拾着石窝里的玉蜀黍糁儿，想又一天过去了，明儿天逼在头顶该怎么过呢？

整整三天过去了，玉蜀黍糁儿无论如何节俭，还是锐减了一半。先爷想，老鼠们都去了哪儿呢？它们都吃什么活着呀。

第四夜，他把盲狗叫到那棵玉蜀黍下，说你守着，要听见有了响动就对着正北叫。然后，自己就扛了锄头，上了梁道，朝正北走过去。到村落最远的一块庄稼地里，把锄放在地心上，自己坐在锄把上，直至东方晓白，仍没有听到一丝鼠响。白天他又领着盲狗到那块地里去，狗帮他找了七个鼠窝，刨开后既没有老鼠，也没有一粒粮食。除了米粒似的鼠屎，就是烫手的土。寻着当初点种玉蜀黍种子的锄痕，落下几十个锄坑，也没有找到一粒种子。

先爷料断，这山脉上没有一粒粮食了。

瞎子，先爷说，我问你，你说我们会饿死吗？

盲狗用它那井深的枯眼望着天。

先爷说，那棵玉蜀黍也别想长大成人了。

入了第五个夜晚时，傍晚的落日一尽，夜黑就毕毕剥剥到来。漫山遍野都被覆盖在无月无星的墨色里。山野上焦干的枯树，这时候摆脱了一日里酷烈的日光，刚刚得到一些潮润，就忙不迭发出绒丝一样细黑柔弱的感叹。先爷和狗坐在玉蜀黍的秆边，让玉蜀黍叶在他的鼻子上撩拨着，他大口大口地吞下了几股青稞气。粮食的气味，便似从他的肠子里穿街而过的马车样，呼呼隆隆轧过去，待那气味终于行驶到他的小腹时，他猛地一收腹，把肠子闸住了，将那气味堵截下来，存在了肚子里。这么吞到听见朦胧月色落地时，他说瞎子，你也过来吞几口，吞几口你就不饿了。唤了两声，不见盲狗动弹，一扭头看见狗像一堆软泥样瘫在苇席上，伸手去抱拽，忽然吓了一跳。狗肚鲜明地突在皮外，像刀子样割着他的手。先爷去摸自己的肚，他先摸到了一层干裂的垢皮，揭下来扔在地上，再去摸那虚软如水的肚皮时，一下就摸到了背后的底椎。

瞎子，先爷说，你看，月亮出来了，睡吧，睡着就不饿了，梦也能当饭吃。

这时候，狗从地上站起来，趔趄着要往棚架边上去。

别爬棚架了，先爷说，就睡在这地上，把爬架子的力气省下来。

狗就又回来卧在原处不动了。

一弯上弦细月迟迟缓缓从一片云后露出来，山梁上开始有了水色。朦胧中先爷睁了一下眼，望望蓝瓦瓦的夜色祈祷说，老天爷，我快饿死了吗？你快给我一把粮食吧，让我多活一些日子呵，最少让我活过狗，狗死了我也好捡个上好地方埋了它，别让老鼠啥儿把它疯抢了，也不枉它来人世走一遭。狗死了你再让我活过这棵玉蜀黍，我就是为了它才留下的，你总得让我有个收成吧。玉蜀黍熟了你也别让我死，你让我等到一场雨，等到村人逃旱回到山脉来，让我把这穗玉蜀黍交给村人们。这是一个山脉的种子哟。先爷这样祈祷着，一手摸着一片玉蜀黍叶，一手从自己的胸口揭着污垢皮儿往地上扔。又将睡着时，他把双脚轻轻蹬在狗背上，说睡吧瞎子，睡了就把饿忘了。说完这一句，他的上下眼皮哐当一合，踢踢踏踏朝梦乡走去了。

先爷睡得正香时，他蹬着狗背的双脚动了动。随后，狗吠声青色石块样砸在耳朵上。他猛然从地上坐起来，听见山梁上有低微一片的老鼠的叫，还有老鼠群急速跑动的爪子声。狗立在苇席外，正朝着梁道上吠。先爷走出来，拍拍狗的头，让它回到苇席圈里守着玉蜀黍棵。正是天将白亮时，月光清淡透亮，空气中有淡薄潮润的馨香。爬上棚架，蹲在面对山梁的一边，先爷首先闻到空气中有很强一股暗红色的鼠臊味，还有腾空的尘土味。他把双眼眨了眨，只看到梁道上溜着地面，有一层云一般的黑色在急速朝南运行。他从棚架上下来了。他害怕鼠群会突然掉头朝这棵玉蜀黍扑过来。到苇席里一看，玉蜀黍棵依然青翠地直挺着，瞎子竖起两只耳朵黑亮亮插在半空里。千万不能叫，先爷摸着狗的耳朵说，不能提醒老鼠们这儿有人烟，它们知道有人烟的地方就有粮食吃。

这时候，山梁上暴雨来临似的声音小下来。先爷拍拍狗的头，自己悄悄朝梁上摸过去。到梁道边上时，他看见不时地有十只、二十只掉队的老鼠尖叫着沿路朝南行，他无论如何也不敢相信，原来板结如铁的梁道路面，这时有了指厚的一层灰，老鼠的爪印一个压一个，一张路面上没有可给插针的空地方。

先爷立在路边惊呆着。

先爷想，它们大搬迁要往哪儿去？

也许这场大旱，要无休无止下去了。先爷说，不旱下去它们会这么搬迁吗？不是说老鼠除了怕没水，有木板、草席就不会饿死吗？现在连老鼠都举家搬迁了，可见这场大旱还要持续多么久远呵。先

180

爷独自思量着，欲转身回去时，他又隐隐约约听到了北边有淅淅沥沥的落雨声。他知道那不是雨，是又有老鼠队伍过来了。身上紧缩一下，站到一个高处，借着亮色朝远处一望，身上的血顿时凝住了。他看见翻过一道梁子朝南涌来的不是鼠，而是一道沿路而泄的洪。青青紫紫的鼠叫在那洪水似的鼠队的最前边，狼嗥一样尖怪地引着道，后边潮样的队伍，一起一伏朝着前边涌，波波浪浪，近了些就由细雨变成了铺天盖地的暴雨声。许多老鼠突然跳起来像鱼群从水面跃起一般，又啪地落在水面似的鼠队里。天色已经开始泛白，青色的空气中愈发臊臭，刺鼻呛人。先爷双手忽然捏满了汗。他知道这队伍只要一转头，他和瞎子、玉蜀黍棵儿就谁也别想再活在这个世界上。它们已经饿疯了。饿疯了的老鼠连人的鼻子、耳朵都敢咬。他想跑回去告诉瞎子，千万别弄出一丝响动来，可是已经来不及了。老鼠的队伍黑漆漆雾团一样哗哗啦啦卷，先爷忙疾闪了一下身，躲在了一棵槐树后（那槐树仅比他的胳膊粗）。鼠队前的几只老鼠，硕大无比，浑身都是灰亮亮的毛，个头像小猫或是黄鼠狼。先爷从来没有见过这么大的鼠。先爷想这就是祖辈上说的鼠王吧。他看见最前的几个鼠王眼睛又绿又亮，闪着蓝莹莹的光。它们像飞马那样一下一下跳，跳一下少说有一尺五寸远，腾起来的尘灰毛毡子样铺在鼠队的背上边。先爷想咳嗽。他用手掐着自己的喉咙没敢咳出来。天色白亮了，凉爽的清晨如期而至，瓦蓝的天空中雪白的云如鳞片般。不消说，太阳犀利的光芒，怕要比往日更加锐利了。不锐利鼠群会这样逃走吗？先爷从树后闪了出来，没有一只老鼠正视他一眼，它们害怕的不再是人，而是天，是太阳，是酷烈的大旱荒。他一动不动地立在路边看着老鼠队伍嘶鸣着跑过去，听着掉下路面的老鼠熟透的软柿子样不断啪啦啪啦响。他弄不明白，这些老鼠要堆起来会比一个山头大，它们是如何集合到一块的？它们有号令似的统一向南迁。南边是哪儿？那儿有粮有水没有日光吗？东方有绚红透金的日光了，先爷忽然发现所有老鼠的眼睛都变成了亮红色，一粒粒在路上如一片滚动的珠。有成千上万只被挤下路来的老鼠朝两边的田里跑，一转眼不知消失到了何处。

太阳出来了，阳光里飞舞着一根根银灰、银黑的鼠毛，如春三月的柳絮杨花。先爷在梁上长长舒了一口气，走下梁来，脚步声在清寂的晨日中，显得苍老而无力，到苇席里的玉蜀黍边，他看见瞎子正用盲眼盯着梁道的方向，冷汗一珠一粒挂在耳尖上。

他问，怕了吗？

狗不语，软软地卧在了先爷腿边上。

先爷说，是要有大灾大难了？

狗不语，望了望那棵青枝绿叶的玉蜀黍。

先爷一下怔住了。他看见玉蜀黍叶上有许多白斑点，芝麻一样。这是玉蜀黍久旱无水才可能得的干斑症。可尽管天大旱，这玉蜀黍从来没缺过水呀。先爷在这玉蜀黍周围用土围了一个圈，几乎每天都往那圈里浇水。他蹲着把那圈里的褐土扒开来，一指干土下，湿得一捏有水滴。先爷抓了一把湿土站起来，明白了那干斑症不是因为旱，而是因为这漫山遍野的鼠臊味。

所有的粪肥中，老鼠屎是最热最壮的肥，先爷想，不消说这鼠臊的气息也是一样的壮热了。一夜的鼠臊把一棵玉蜀黍围起来，它能不热得干斑吗？把耳朵贴到一片叶子上，先爷听到了那些斑点急速生长的吱吱声。转身吸吸鼻，又闻到从周围汪洋过来的干黑的鼠臊味，正河流样朝这棵玉蜀黍淌过来。

就是说，这棵玉蜀黍立马要死了。

就是说，这玉蜀黍要活下来得立马下场雨，把满山毒气似的鼠臊味压在山野上，把玉蜀黍棵上的毒气洗下来。

盲狗感到先爷的惊慌了，先爷说，瞎子，你守着，我得回村挑水了。他不管盲狗说啥儿，就挑着水桶回村了。

村里依然安静得不见一丝声息。村街上的老鼠屎密密麻麻一层儿，一成不变的太阳把各家的门缝晒得更宽了。先爷顾不了别的许多事，他径直走到井台上，去绞系在井下的水褡时，手上的分量忽然轻得仿佛什么也没有，往日这时水褡哗哗啦啦朝井下滴水的声音消失了。先爷往井里看了看，这一看，他的脸便成了苍白，双手僵在了辘轳把儿上。

过了许久，先爷才把井绳卷尽在辘轳上。水褡没有了。水褡仅剩下一层千疮百孔的布，那布上有一层死后被水泡胀的老鼠，到井口时扑扑嗒嗒又掉进井里十几只。

水褡被跳进井下的渴鼠吃尽了。

先爷开始往谁家去找褡子或被子。

先爷首先到他找粮食的家户去，每到一家他都只在门口待片刻。村里被老鼠洗劫了。各家的箱子、桌子、柜子、床腿等，凡装过衣物粮食的，大洞小洞都被咬得如吃过子儿的向日葵的盘。黄白色的木料味，和鼠臊味一道盛满了屋子，漫溢在院落里。

先爷跑了十余门户又空手出来了。

从村胡同中走出来，先爷手里提了三根长竹竿，他把三根竹竿捆接在一起，又去一家后院的茅厕找了一个淘粪用小木碗（所有人家灶房的风箱、案板、木碗、陶碗都被老鼠咬得破裂了），他把木碗捆在竹竿的最头上，三次伸到井下去舀水，舀上来都是死老鼠。借着头顶的日光，先爷往井里望了望，他看见井里没水了，一堆老鼠如半窖坏烂的红薯堆在井里井底。还有几只活鼠在那死鼠身上跑动着，往井壁上边爬出几尺高，又啪的一声掉下去，尖细哀伤的叫声顺着井壁升上来。

先爷挑着空桶回到八里半的坡地。

空旷的山脉在四周无边无际地延伸着，周围几里十几里之外，天和山脉的相接处，都如熊熊的火光一样燃烧着。先爷到坡地边上时，盲狗跑来了。先爷说井干了，没水了，被死老鼠们把井给填满了。又问这儿有没有老鼠来？狗朝他摇了一下头。他说你和我都要死在这老鼠手里了，还有玉蜀黍，我们活不了几天了。

狗惘然地立在棚架的阴处望着天。

搁下桶，先爷到苇席里看了看，玉蜀黍棵每一片叶上的干斑都已经和指甲壳儿一样大。先爷在那玉蜀黍前沉默着，岁岁年年的不说话，直眼看着第十一片叶上的两个干斑长着长着连在一起了，变成长长一斑如晒干的豆荚时，他老昏的双眼眨了眨，脖子的青筋如突出地面的老树根样跷起来。他从苇席里走出来，从棚架上取下马鞭子，瞄准太阳的正中心，砰砰叭叭，转动着身子连抽了十几鞭，从太阳的光芒中抽下许多在地上闪移的阴影，然后脖子的青筋下去了，把鞭子往棚架柱上一挂，挑起水桶，不言不语往梁上走过去。

盲狗盯着先爷走去的方向，惆怅漆黑的目光里，有了许多泪味的凄然，直到先爷的脚步声弱小到彻底消失，它才缓缓回去，守卧在玉蜀黍棵下的日光里。

先爷去找水。

先爷认定鼠群逃来的那个方向一定有水喝，没有水它们如何能从大旱开始一直熬到今天呢！先爷想，之所以它们大迁徙，准是因为没有吃食了，有吃食它们怎么会把村落里凡有粮味、衣味的木器都吃得净光哩？先爷想，大迁徙绝不是因为没有水。太阳的光芒笔直红亮，在山脉上独自走着，那光芒显得粗短强壮，每一束、每一根都能用眼睛数过来。一对空水桶在肩前肩后，发出哀怨干裂的叽咕，像枯焦土地的叹息。先爷听着那惨白的声音和自己脚下寂寥的土色的踢踏，心中的空旷比这世界的旱荒大许多。他一连走了三个村庄，枯井里盛满草棒和麦秸，连半点发霉枯腐的潮味都没有。他决定不再去村庄中找水了，村中有水村人如何会逃哩。他一条深沟一条深沟走，沿着沟底寻找地上有没有一星半点的潮润和湿泥。当他翻过几道山梁，在一条窄细的沟中，看到一块石头的阴面有一棵茅草时，他说，操，天咋的能有绝人之路哩？然后，他坐在那块石头上歇了一口气，把那棵茅草一根一段拔出来，嚼了茅草根中的甜汁，又把碎渣咽进肚里，说这条沟里要没水，我就一头撞死。

他开始往沟里一步一步走过去，喘气声一步一落，如冬天的松壳样掉在他面前。不知道已经走了多远的路，刚才嚼茅草根儿时，太阳还半白半红在靠西的山梁上，可这会儿当他发现脚下干裂的土地被颗粒均匀的白色沙子取代时，太阳却在山那边成血红一片了。

先爷最终找到那一眼崖泉时黄昏已经逼近。他先看到脚下的白沙有了浅红的水色，继而走了半天路的烫脚便有了凉凉的惬意。踩着湿沙往沟里走过去，待感到那沟的狭窄挤得他似乎肩疼时，滴水的声音便音乐一样传过来。先爷抬起了头，有一片绿色哗啦一下，朝他的眼上打过来。先爷立下了。他已经五个月没有见过这么多的绿草了，他似乎已经忘了一片草地是啥模样了。水蓑草、绿茅草，还有草间开着的小白花、小红花和红白相间的啥花。燠热的日光中，忽然夹了这么一股浓稠的青草味，腥鲜甜润，在沟底有声有响地铺散着，先爷的喉咙一下子痒起来。先爷想喝水，突然间袭来的口干不可抗拒地在他老裂的唇上僵住了。他已经看到了前边几步远滴水的崖下有半领席大一个水池子，水池子就掩盖在那一领席大的绿草间，仿佛那些草是从一面镜下绿到镜面上。

可是，就在先爷想丢下水桶，快步跑到水池边畅饮时，先爷立下了。先爷咽了一口扯扯连连的黏液立下不动了。他看到那草丛后边站了一只狼，一只和盲狗一样大小的黄狼。狼的眼睛又绿又亮。黄狼先是惊奇先爷的出现，随后看明白先爷挑的一对水桶时，那双眼变得仇恨而又凶狠了，连前腿都微微地弓起来，似乎准备一下扑上去。

先爷一动不动地钉在那儿，一双眼不眨一下地看着那只狼。他明白这狼没有逃走是因为这泉水。偷偷把眼皮往下压了压，先爷便看见那水草边上还有许多毛，灰的、白的、棕红的。有的是兽毛，有的是鸟毛。先爷一下子灵醒这狼是守在泉边等来喝水的鸟兽时，心里有些寒战了。看它瘦得那个样，也许它在这已经等你有三天五天了。先爷看到了两步远处，一块沙石上有干暗的红血迹，有许多吃剩下的坏枣坏核桃似的老鼠头和别的长长短短的灰骨头，这才闻到了清洌洌的腥鲜气味中，还有一种浊白的腐肉味。先爷握着勾担的双手出了一层汗，双腿轻轻抖一下，那黄狼就朝他面前逼了一步。就在这一刻，黄狼逼近时踢着杂草弄出青多白少的响声时，先爷迅疾地一弯腰，把水桶放在地上，猛然将勾担在半空一横，对准了黄狼的头。

黄狼被先爷的勾担逼得朝后退了半步，圆眼中的绿光仇恨得朝着地上掉黄色。

先爷把目光盯在黄狼的双眼上。

黄狼也把目光盯在先爷的双眼上。

他们目光的碰撞，在空寂的狭谷中回响着火辣辣黄亮刺目的毕剥声。滴水的声音，蓝莹莹得如炸裂一样震耳。太阳将要落山了。时间如马队样从他们相持的目光中奔过去。面前崖上的血红开始淡下来，有凉气从那山上往山下漫浸。不知从什么时候开始，先爷的额上有了一层汗，腿上的困乏开始从脚下生出来，由下至上往小腿大腿上扩展着。他知道他不能这样僵持下去了。他走了一天的路，可狼在这卧了一天。他一天没进一口水，可狼却是守着随时都能喝的泉。他用舌头偷偷舔了舔干裂的唇，感到舌头挂在唇皮上像挂在一蓬荆棘上。他想狼呀，守着这一池水你能喝完吗？说喂，你给我一担水，我给你烧一碗玉蜀黍糁儿汤。这样说的时候，先爷把手里的柳木勾担抓得愈发紧，勾担头儿对着狼的额门，连垂在勾担两头绳系的钩儿都凝死没有晃一晃。

可是，黄狼眼中的光亮却柔和下来了。它终于眨了一下眼，尽管一眨就又睁开了，先爷还是看清它的青硬的目光有了几分水柔色。

先爷听见太阳下山的声音从山的那面落叶一样飘过来。他把指着狼额的勾担头儿试着放下来，终于就放在了一丛绿草上。

先爷说，我明儿来就给你捎来一碗饭。

黄狼把前屈的腿收了收，忽然掉转头，缓缓慢慢，从水池边上绕过去，有气无力地往沟口走去了。走了几步远，它还又回头看了看，脚步声空寂而又温善，由响至弱地回荡在这条狭长的沟壑中。先爷一直望到黄狼走过几十步外的拐弯处，勾担从手里滑落在地上，他一下便软瘫地蹲下来，擦了一下额门上的汗，打了一个禁不住的寒战，这才知道，连身上唯一的白布裤衩都汗粘在了大腿上。

长长地舒了一口气，先爷蹲在地上再也无力站起来。他就那么蹲着，朝前挪了几步，到水池边上，趴下来咕咚咕咚如渴牛样喝起泉水来。转眼间凉润的水汽便从他的口里灌入，透到了脚板下。他喝了满肚子的水，洗了一把脸，看看崖头的日光虽红却还纸一样厚着时，便提上水桶灌满水，把桶放在池边将裤衩儿脱下了。

先爷在水池边上洗了一个澡。

洗澡的当儿先爷说，黄狼呀黄狼，你今儿让我一担水，我明儿去哪给你弄一碗玉蜀黍糁儿饭呢？给你捎几只老鼠吧，我知道你爱吃肉。先爷想，我老了，力气弱了，不能不让你了。要在十年前，哪怕几年前，不要说捎给你几只老鼠吃，能放你从我的勾担下过去就算我大慈大悲了。先爷唠唠叨叨，手嘴不停，把一池清水洗得浑浊后，又在池边尿了一泡尿，崖头一纸厚的日光便薄淡成一抹儿浅红了。

掐了两把草青撒在两桶水面上，先爷开始慢慢往沟口走过去。两桶水把勾担压弯成一把弓，一步一闪，青草在桶里拦着不让水花溅出来。勾担嘶哑沉重的叫声，在沟壑里碰碰撞撞响到沟口去。先爷想，我是真的老了，我该悠着步，黄昏之前爬上梁路就啥都不消去怕了。月光会把我送回到坡地里。把水喷到玉蜀黍棵儿上，那干斑症就不会吱吱啦啦蔓延了。

悠悠的先爷没有想到，一群狼把他堵在了沟口。

那只同瞎子一样大小的黄狼在最前引着路，到沟口看见先爷从沟里出来时，它们突然立下来。只立了片刻，前边引路的狼，回头看了一眼就领着狼群大胆地朝先爷靠过来。

先爷浑身轰然一声炸鸣，知道自己落进了那条狼的圈套。他想我不洗澡该多好。他想我不在池边坐下歇息该多好。他想我放快步子现在走上了山梁让这狼群扑空该多好。他这样想的时候，佯装出一种镇定，不慌不忙把水桶挑到一块平地放下来，从从容容把勾担从水桶环上取下来，旋过身，提着勾担像没有把狼群放在眼里那样迎着狼群走过去。他的脚步不急不忙，勾担上的钩儿在他手前手后一甩一动。狼群迎着他走，他也迎着狼群走。二十几步的距离迅速缩短着，至十几步远近时，他依旧从从容容往前大步地走，仿佛要一口气走至狼群中间去。

狼群被先爷的镇静吓住了，忽然它们的脚步淡下来，站在沟口不动了。

先爷径直地往前走。

最前的两只黄狼往后退了退。这一退先爷心里无着无落的悬空有些实在了。他开始更大步地走起来，快捷而又猛烈，脚步声震得有细碎沙石从崖上掉下来。狼群眼睁睁地注视着他，先爷走到这条沟瓶口似的一段狭窄处，乜了一眼沟两岸的峭壁，先爷不走了。先爷选定了这两步宽的沟口，知道这群黄狼不通过这段沟脖子，无法绕到他身后把他围起来，便站到了沟脖的正中间。

剩下的就是对峙了。

先爷喝了一肚子水，饥饿和口渴都被那泉水压下去，他想我只要立在这沟的脖子里，挺着不要倒下去，也许我就能活着走出这条沟。太阳最后收尽了它的余红。黄昏如期而至，沟中的天色和这群黄狼的身子一模样。静寂在黄昏中发出细微的响动，开始从沟壑的上空降下来。先爷数了数，那些还没有明白先爷为啥儿这么从容的黄狼，统共有九只，三只大的，四只和盲狗一样大小，还有两只似乎是当年的崽。

先爷立在那儿如同栽在那儿的一棵树。

狼群中绿莹莹的一片目光，圆珠子样悬在半空里。死寂像黑的山脉一样压在先爷和狼群的头顶上。先爷不动。先爷也不再弄出一点响声来。狼群似乎明白先爷刚才那么迅捷，就是为了抢占那段沟的脖颈时，有条老狼发出了青红条条的叫。随后，狼群便又朝先爷走过来。

先爷把提在手里的勾担猛一下顿立在了面前。

狼群立下了。

彼此七八步远，借着黄昏前最后的明亮，先爷看见那三只老狼中，有一只走在狼群的正中间，它左边的耳朵缺了一牙儿，腿还有些瘸。先爷开始把目光盯在它身上。你你我我就这么僵持了一会儿，果然是那只老狼又发出了低哑的一条儿叫，狼群又开始朝先爷走过来。余下五步、六步远近时，先爷把勾担在空中一挥，双手紧持着，对准了狼群的正中间，对准了狼王的头。

狼群又一次立下了。

先爷盯着狼王，余光扫着狼群。在那九只狼中，先爷看到最亮的狼眼不是那三只老狼，也不是那四只半大的狼，而是一会儿走在最前，一会儿走在中间的两只小狼。它们目光透亮，有一层日光下的水色，且那光色中有一层惊恐和慌乱。它们不时地扭头去看那狼王。狼王也不时地发出一些只有它们才懂的青红色的叫。黄昏前最后的亮色消退了，暗黑从头顶盖下来。狼眼在一团黑中闪着碧水池子的光。有一股狼的腺味从沟口扑过来。这腺味不同鼠腺味，显得清淡却十分的明晰，不像鼠腺味那么浓烈又黏黏的稠。先爷想到了那棵玉蜀黍，想那棵玉蜀黍身上的干斑也许已经把叶子全都布满了，也许已经蔓延到玉蜀黍的棵秆上。先爷想，只要不漫染到秆心上，只要玉蜀黍的顶儿还绿茵茵的就可救。先爷想着的时候，又听到狼王青皮条儿的一声叫，身上哆嗦一下，猛眨一下眼，对自己说，除了狼群，你啥儿也不能再想了，再想你就要死在这群狼口了。幸亏先爷想到别处时，狼群的绿眼没能看出来。随着狼王的一声叫，狼群又要往前挪动时，先爷把勾担挥了挥，担钩儿撞在崖壁上的声音，冷冰冰地传过去，往前挪了一步的狼群又往后边退了退。

僵持像悬桥样搭在先爷和狼王的目光上，他们每眨一下眼，那僵持就摇摇晃晃弄出一些惊心的响动来。先爷看不见狼身在哪儿，他盯着一片绿珠的狼眼不动弹，只要那些绿珠有一颗移动了，他就把勾担摇出一些声音来，把那绿珠重逼得退回去。时间和沉默的老牛拉车一模样，在僵持中缓缓慢慢，轧着先爷的意志走过去。月亮出来了，圆得如狼们的眼，不是十五就是十六。凉风习习，先爷感到他的后背上有蚯蚓的爬动。他知道，他的后背出汗了。他感到了腿上的酸困麻刺刺地正朝着他上身浸。僵持正比往日的劳累繁重几倍地消耗着他的体力。他极想看到狼群因为纹丝不动的站立累得卧下来，哪怕它们动动身子，活动活动筋骨也行。可是狼们没有。它们成一个扇形在五六步外盯着先爷，如经过了许多风吹雨淋的石头样。先爷听到了它们眼珠转动的细碎的叽嘎声，看见它们背上的瘦毛在风中摆着有了吱吱的火光。先爷想，我能熬持过它们吗？先爷说，你死也要熬持过它们呵。先爷想，它们每一只都有四条腿，可你只有两条腿，又是过了七十的老人哟。先爷说，我的天呀，这才刚刚入夜你就这样给自己抽筋，你不是平白要把自己送到狼口吗？有一只小狼站立不住了，它没有看狼王一眼就卧了下来。跟着，另一只小狼也卧将下来。狼王对小狼看了看，发出了一条紫红色的叫，那两只小狼同时勾回头，哼出了嫩草叶样的回声，狼群就又复归宁静了。乏累是先从卧的小狼开始的。然而，小狼这一卧，先爷如得了传染样，两腿忽然软起来。他想活动活动腿，可他只用力把腿上的筋往上提了提，使膝盖骨上下动了动，就又挺挺地立住了。你不能让老狼们看见你同小狼一样站立不稳了。先爷想，你只消有一点疲累的样子，它们就会有力有胆地向你逼过来。能够不动地立住你就能活下来。先爷说，晃晃身子你就会永远地死了去。月亮从正东朝西南移过去，云彩在月亮脸上浮着，他闻到了云彩的焦干味，料定明儿天又是晴空日出，在山顶上称日光它最少有五钱或是六钱重，先爷把目光朝头顶瞟了瞟，他看见了月亮前边几十步远处有很浓一片云。他想月亮走到那儿时，云影一定会投到这条沟里一会儿。他如一段树桩样等到了那云影果真投过来，在云影黑绸样从他身上掠过时，他静默悄息地把双腿轮流着弯了弯，转眼就感到腿和上身的气脉接通了，一股活力从身上输到了腿膝上。他把微歪的身子正了正，勾担的钩儿弄出了湿纸撕裂般的响声来。也就这一刻，云影又朝狼群移过去，他看见那一片绿光如巨大的萤火虫样朝他挪动了。于是他吼了一声，把勾担朝两边的岸壁上狠命地打了几下。沙石落下的声音，如水流一样在他脚边响动着，待那声音一住，云影滑出沟脖到了沟口，他便看见有五只狼离他更近了，仅还有四步或是五步远。庆幸他在云影中把筋骨松了松，使他能弄出那些有力的响动，把狼群的进逼喝止住，使他僵持中的弓步站立能继续到后半夜。

他想，我七十二了，过的桥都比你们走的路长哩。

他想，只要我不倒在这沟脖，你们就别有胆靠近我。

他想，狼怎么会怕人站着不动的怒视呢？

他想，有半夜了吧，没半夜我的眼皮怎么会涩呢？

先爷说，千万不要瞌睡呵，打个盹你就没命了，瞎子和玉蜀黍棵都还等着你回呢。

那卧着的一对小狼把眼闭上了。先爷看见最亮的两对绿珠子扑闪一下灯笼样灭去了。他把握勾担的右手悄悄沿着勾担往前移了移，挨着左手时，狠命用指甲掐了左手腕，觉得疼痛从手腕麻辣辣传到了眼皮上，瞌睡像被火烧了一样惊着抖一下，从眼皮上掉在了沟壑的月光里，才又把手移回来。又有一只半大的狼把身子卧下了，眼皮立刻奄下来盖住了那绿莹莹的光。狼王用鼻子哼一下，那只狼扑闪扑闪眼，还是把眼皮合上了。

深夜里，时间的响声青翠欲滴。星星在头顶似乎少了几颗，月光显得有了凄苦的凉意。先爷又有几次眨动眼皮了。他偷偷抬起一只脚，在另一只脚上踩了踩，才觉得眼皮从生硬中软和下来了。看一眼头顶的星月，他知道他终是把半夜熬过了。下半夜已经如遥远的更声一样走了过来，这时候只要不弄出响动，只要能这么直直地挺立着，瞌睡就同样会朝狼群降过去。

瞌睡果真潮湿一样降给了先爷，也降给了狼群。又有三只黄狼卧下了。狼王轻怒的叫声，没有能阻止住狼们的卧下。终于，站着的就仅仅只有狼王了。先爷看着一片狼眼的绿光只剩两只时，他心里有了暗暗一丝惬意，想只要这狼王也卧下就行了。它卧下我就可以偷偷地活动全身的筋骨了。可那狼王不仅没有卧，而且还从狼群中间走到了狼群的最前边。以为它要破釜沉舟，先爷的背上一下子就又汗津津地冷怕了。他把手里的勾担在沟脖的口上沉而有力地晃了晃，料不到那老狼在他的一晃之间，把脚步淡下来，定睛看了看，在先爷面前走了一个半月形，又踏着月色回到了狼群的最中间，然后，咚地一躺，把眼睛闭上了。

所有的灯笼全都熄灭了。

先爷悠长地舒了一口气，两腿一软，就要倒在地上时，心里喔咚响一下，又把身子站直了。就在这一刻，他发现狼王的两眼扑闪了一个窥探，又悄悄闭上了。先爷没有睡，他想狼王是在等着你睡呢。先爷从身边摸着拔下一根长的藤草，解下自己的红布裤腰带，又把勾担的两个钩儿解下来，然后把这四样接成一根长绳子。这样做的当儿，先爷故意弄出许多响动来，他看见在那响动声中，有四只狼睁眼看了他，又都把眼睛闭上了。

不消说，它们是真的瞌睡了。

白淡的月光下，卧着的九只狼如一片新翻的土地。腥臊味清洌洌地在那凸凹不平的地上散发着。先爷把鞋子脱掉了，光脚踏浮在那腥臊气味上，屏住呼吸蹑足往前走了两步，把那根绳子绷紧拴在沟脖两侧的地面上，又后退几步，把绳头儿系在自己的手脖上，最后就拄着勾担，靠着崖壁，也把眼皮吧嗒一声合上了。

先爷睡着了。

先爷睡得香飘万里，时光在他的睡梦里旋风一样刮过去。当他感到手腕惊天动地地被牵了一下时，他的梦便戛然断止了。随着梦的中断，他哗哗啦啦睁开眼睛，操起勾担，砰的一声就对准了狼群的方向。

天竟灰亮了。星月不知什么时候隐退得无踪无迹。沟脖口是一层深水的颜色。先爷眨了一下眼，看见他系在几步前的绳子被狼踢断了。裤带像河水一样拦住了狼们的去路。它们知道是那断绳惊醒了先爷，于是都有几分懊悔地立着，看着先爷恶狠狠的威势，也看着那蛇一样的红裤带。先爷把手里的勾担捏得有丝丝的疼音，将勾担的头儿对准狼群的中心。他数了数，面前还有五只狼，那四只不知去了哪儿。且狼王也不在眼前了。先爷脸上冷硬出一股青色，仍一动不动地盯着面前，可心里的慌跳已经房倒屋塌地轰隆起来了。他知道，那四只狼只消有一只从他身后扑过来，这一夜的熬持就算结束了。他也就彻底死去了。

先爷在用力听着身后的动静。

脚下的冷汗水淋淋地湿了鞋底，他感到双脚像踩在了两汪冷水里。先爷竭力想弄明白狼王领着那三只半大的狼去了哪儿，他把目光往沟口瞟了瞟，看见有一抹薄金淡银的日光透在沟口上。他想太阳终是出来了，黄狼是不经晒的物，只要今儿的日光依旧火焰焰的，这黄狼就会在日光盛旺之前退走。先爷这样想的时候，他闻到了一股浓烈烈的尿臊味，正想看看是哪只黄狼熬持不住放了尿，却忽然发现头顶崖上有土粒哗啦啦地滚下来。

先爷和狼群同时朝崖上抬了头，他看见狼王领着一只小狼正从头顶往沟口走过来。又往沟的那面瞟过去，看见一对半大的狼和狼王一样正从高处朝着坡下走。先爷一下灵醒了，原来在先爷睡着时，那四只狼分两队朝他身后崖头摸过去，是想寻路下到沟底从他身后抄过来。可惜这条沟太过狭隘了，崖壁陡如墙，它们不得不重又从原路返回来。先爷有了一丝得意，身上的活力如日光一样旺起来。也就这时候，太阳光吱吱叫着射进沟里，狼王在崖头上发出了浑浊的有气无力的叫。面前的五只黄狼，听到叫声，忽然就都抬头打量了一眼先爷和他横在面前的柳木勾担，踢踢踏踏掉转头往沟口走去了。

狼群撤退了。

狼群终于在一夜的熬持之后走了，它们边走边回过头来看先爷。先爷依旧持着勾担，桩在那里，目光灼灼地盯着退回去的狼群。直看到九只狼在沟口汇在一起，集体回头朝他凝目一阵，才朝沟外走过去。狼群的脚步声由近至远，终于如飘落尽的秋叶无声无息了。先爷两手一松，勾担就从手里落了下来。这时候，他才感到腿上有虫一样的慢爬，低下头去，才闻到那苍白色的尿味不是来自于狼，而是从自己的腿上流出的。

是他被狼吓尿了。

朝自己两腿间的老物打了一巴掌，先爷骂了句老没用的东西，坐将下来，痛痛快快歇了一阵，看日光愈加利锐了，便起身提上勾担，一步一望地摸到沟口，寻下一块高处，四下瞭望一会，确信狼群已经不在，才回来重新拴系勾担，挑上水桶走出来。

先爷出沟后从西上的山梁，生怕狼群折转回来，漫长一道山坡，他只歇了三歇，就爬上了耙耧的梁道。梁道上依然是红褐褐一片，此起彼伏的山梁，在日光下静止的牛群背样竖着。居然相持退了九只黄狼，暗喜和惬意在先爷脸上灿灿烂烂跳跃。他把一担水搁在平处喘息，看见了那九只黄狼在远处爬上一面坡地，背对日光，朝耙耧山脉的深处荡过去。

先爷说，妈的，还想斗过我。我是谁？我是先爷！别说你们是九只黄狼，就是九只虎豹，还能把我先爷怎样？

先爷对着黄狼消失的方向，狂唤了一嗓子——有种你们别走——和我先爷再熬持一天两天嘛——又放低嗓子说，你们走了，这眼泉水就是我的了，就是我和瞎子和玉蜀黍的了。先爷忽然想起了玉蜀黍，想起了它的干斑症，心里冷噤一下，趴在桶上喝了一肚子水，觉得肚胀了，不饥不渴了，又挑起水桶沿着梁路往耙耧山外走过去。

回到那独棵儿的玉蜀黍地已是午时候，一天一夜的寻水和狼的熬持，使先爷忽然老到了上百岁，胡子枯干稀疏，却在一夜之间伸长了许多。到八里半的坡地时，他觉得他要像一棵无根的树样倒下来，搁下水桶在梁道上歇息着，盲狗就到了他跟前。他看见它吐出的热舌上满是干裂的口，死了的眼窝里却汪了两潭灰黑的水。狗哭了。它不是一步一步走到先爷面前的。它是听到有虚弱的脚步声，闻到了清凉的水汽，迎着水汽朝梁上一步一趔摇摆过来的，到了距先爷还有三步五步时，猛地往地上一瘫，它就再也不能走动了。

爬过来吧，先爷说瞎子，我一步也走不动了哩。

盲狗爬了两步，像死了一样不动了，只是眼眶里的泪水愈加汪汪洋洋了。

我知道你又渴又饿，先爷说能活着就好。

狗不出声，瞎眼对着太阳看了看。

先爷心里一个冷噤，忙问说是玉蜀黍死过了？盲狗把头低下来，汪满两眶的眼泪便叮当一下落在了梁道上。

他朝玉蜀黍那儿走过去，挂着勾担，一步一趔地踢着脚下滚烫的红尘，下到棚架边上时，心里一声巨响。酷烈的日光里，玉蜀黍的叶儿再也没有半点绿色，连原来青白的叶筋，也成了枯干的黄焦。完了，先爷想玉蜀黍终是死去了，他挑回的一担水来不及救它了。不是你熬持败了那群狼，先爷说，是狼群熬持败了你先爷。它们是知道玉蜀黍死了才掉头撤走的。它们压根儿不是为了吞吃你先爷，它们和你相持一夜就是为了熬死这棵玉蜀黍。一种苍老的哀伤雨淋一样淫满了他全身。他在一念之间，彻底垮下了，浑身泥样要顺着勾担流瘫在田地里。可在这将要倒地时，他往玉蜀黍的顶部看了看，顶部的一圈干叶中，有一滴绿色砰地一下撞在了他的目光上。

将勾担一丢，先爷往玉蜀黍棵前走过去。

玉蜀黍的顶心儿还活着，在火旺的日光里，还含着淡淡的绿颜色。翻开一片玉蜀黍叶，看见叶背的许多地方还有绸一样薄的绿，麻麻点点如星星样布在干斑的缝隙里。那弯弓般的一条叶筋儿，也还有一丝水汽在筋里迟迟缓缓地流动着。

先爷快步地朝梁上走过去。

先爷走了几步，又折回身子拿了一个碗，到梁上舀出一碗水，放在盲狗的嘴前说，玉蜀黍还活着，喝完了把碗捎回来。就提着一桶水回到玉蜀黍面前了。他趴在桶上灌了一口水，拉过玉蜀黍顶儿到嘴前，雨淋般朝那一滴绿色喷过去。即刻，黄焦的日光里，就蔓生下绿色的水润了。红铁板似的日光上，先爷喷出的水珠落上去，有焦白的吱吱的声音响出来。不等那水珠落在田地上，日光就把那水珠狼吞虎咽了。一连往玉蜀黍顶上喷了七口水，如下了七天七夜的暴雨样把顶儿洗透了，待一点老绿泛出了原来闪烁的嫩色后，先爷把水桶提在玉蜀黍棵儿下，用碗舀水一片一片去洗玉蜀黍叶。他把碗放在要洗的叶子下，使撩起的水落在碗里。碗接不住的再落到水桶里。滴答声音乐样弹响在一根根粗粗壮壮的光芒上。他从这片叶子洗到那片叶子，洗至第四片叶子时，他看见盲狗衔着碗从梁上回来了。把碗放在棚架下，它过来立在先爷腿边上。先爷说还渴吗？有泉了，尽管喝。盲狗朝他摇了一下头，用前爪去玉蜀黍叶上摸了摸。

先爷说，叶子都还活着哩，你放宽你的心。

狗在先爷的腿边舒口长气卧下了，脸上的表情柔和而舒展。

就在盲狗的尾巴后，先爷又去舀水时，看见有坏茄子样一团黑东西，近一眼看过去，东西上有干枣一般的红。先爷过去朝那东西上踢一脚，是一只死老鼠。回过身来瞅，发现苇席圈里还有几只躺在那儿。再到席外去，竟看见乱乱麻麻死了七八只，每只上都有枣皮似的红和被牙咬的洞。不消说，是瞎子咬死的。先爷把盲狗叫起来，问是不是你？狗便衔着先爷的手，把那手扯到玉蜀黍的根部上，先爷便看见玉蜀黍的根部有被老鼠咬伤的口，汁水儿从那口中流出来，被日光一晒，呈出一滴蓝黄色的胶团儿。先爷在玉蜀黍的伤口面前坐下了，用手抚了那胶团，又去狗头上摸了摸，说瞎子，真多亏了你，下辈子让我脱生成畜生时我就脱生成你，让你脱生成人时你就脱生成我孩娃，我让你平平安安一辈子。话到这儿，盲狗的眼眶又湿了，先爷去它的眼眶上擦了擦，又端了一碗清水放到它嘴前，说喝吧，喝个够，以后我去挑水你就得守着玉蜀黍。

玉蜀黍终于又活生过来了。先爷一连三天都用一桶水去淋洗玉蜀黍。三天之后的早晨，先爷便看见玉蜀黍顶是一片绿色。每一片叶子上，绿色从背面浸到正面，一滴水落在草纸上一样扩大着，干斑症便在那绿色的侵逼中慢慢地缩小。又几日，在梁道远眺，就又能看见一片绿色孤零着在日光中傲傲然然地摆动了。

接下来的境遇，是先爷和盲狗粮食吃完了。连一天只吃半碗糁儿汤的日子也告结束了。第一天没吃丁点东西，还挑了两半桶的泉水从四十里外晃回来，第二天再挑起水桶去时，一到梁上，便眼花缭乱，天旋地转得走路绊脚。先爷知道他不能再去挑水了，便从梁上回来，喝下一肚生水。到了第三天时候，先爷倚在棚架的柱上，望着如期而至的日出，看到月牙儿还没有隐去，尖锐的阳光就毕毕剥剥晒在了地上。他把盲狗抱在怀里，又说睡吧瞎子，睡着了梦也可以充饥，却终是不能睡着，至日光在他脸上晒出焦煳的气味，又都喝了半碗生水充饥，终于忍不住想尿。尿了就更感饥饿。反复几次喝水，锅里的水也就还剩一碗有余。

先爷说，不能喝了，那是玉蜀黍的口粮。

太阳逼至头顶，日光有五钱的重量。

先爷说，我操你祖宗，这日光。

日光有五钱半的重量，肥胖胖逼在正顶。

先爷说，还能熬得住吗？瞎子。

太阳有将近六钱的重量。先爷去摸盲狗的肚子，那儿软得如一堆烂泥。

先爷说，没有我的身上肉多，对不住你了，瞎子。

又摸自己肚皮，却像一张纸样。

先爷说，千万睡上一会儿瞎子，睡醒了就有吃的了。

狗就卧在先爷的腿边，不言不语，身上的每一根毛，都又细又长，枝枝杈杈，毛尖上开了几须毛花。先爷竭力想要睡着，每每闭上眼睛，都听到肚子隆隆的叫声。又一天就这样熬持过去了，当太阳亦步亦趋地滑至西山时，先爷果真睡了，再次睁开眼时，脸上冷丁儿灿烂出一层笑意。他扶着棚柱站将起来，望着西去的落日，估测日光降到了四钱不足的重量后，先爷问着太阳说，你能熬过我吗？我是谁？我是你的先爷哩。

先爷对着落日洒了几滴尿，回过头来对卧着的盲狗说，起来吧，我说过睡醒了就有东西吃，就是会有东西吃。

盲狗从田地上费力地站了起来，挨着地面的毛凌乱又鬈曲，散发着焦燎的黄味。

先爷说，你猜我们吃啥儿？

盲狗迎着先爷，现出一脸惘然。

先爷说，给你说吧，我们吃肉。

狗把头仰了起来，洞眼盯着先爷。

先爷说，真的是吃肉。

说完这句，西山脉的太阳，叽哇一声冷笑，便落山了。转眼间焦热锐减下去，山梁上开始有了青绸细丝般的凉风。先爷去灶旁取来一张铁锨，到田地头上挖坑，仿佛树窝一样，扁扁圆圆，有一尺五寸深浅，把坑壁挖得崖岩一般立陡，然后生起火来，烧滚一口开水，从玉蜀黍袋里撮出一星糁儿，在那开水里拌了，盛进碗里，放入那个土坑里边。这时候正值黄昏，山梁上安静得能听到黑夜赶来的脚步声。从沟底漫溢上来的有点潮湿的凉爽惬意，像雾样包围了先爷和狗。他们远远地坐棚下，听着坑那边的动静，让黄昏以后的夜色，墨黑的庄稼地样盖着他们。

先爷问，你说老鼠们会往坑里跳吗？

狗把耳朵贴在地上细听。

月光洒在地上，山梁上的土地都成了月光水色。静谧间，盲狗果真听见老鼠踢动月光的声响。先爷悄悄朝土坑摸去，有三只老鼠正在坑里争食，斗打得马嘶剑鸣。猛地用一床被子捂在坑口，三只老鼠便都目瞪口呆起来。

先爷和狗这一夜统共捉了十三只老鼠，借着月光剥皮煮了，吃得香味、臊味四溢。到天亮前睡了一觉，日出三竿时候起床，把那些鼠皮都扔在沟里，便挑起水桶到四十里外的泉池去了。

日后的很长一段日子，先爷和狗过得平静而又安逸，光阴中没有啥儿起落。他们把田地中的几十个鼠坑都挖成瓮罐的形状，口小肚大，壁是悬着，只要老鼠跳将下去，就再也不能跳爬上来。每天夜里，把从田地中找来的十几粒玉蜀黍粒儿捣碎煮了，直煮到金黄的香味开始朝四野漫散，才把掺儿汤放进坑里，放心地在棚架上纳凉睡去，来日准有几只，甚或十几只老鼠在坑里苍白叽叽地哀叫。一天或是两天的口粮有了，隔一日去泉池中挑一担水，岁月就平静得如一道没波没浪的河流。活生生在苇席中的那棵玉蜀黍，也终于在冒顶的半月之后，腰杆上突然鼓胀起来，眼见着就冒出了拇指样一颗穗儿。闲将下来，先爷时常在那穗前和盲狗说话。先爷说，瞎子，你说明天这穗儿会不会长得和面杖一样？盲狗看先爷高兴，就用舌头去先爷腿上舔痒。先爷抚着狗背，说玉蜀黍从结穗到秋熟得一个月零十天，哪能在一夜之间长成呢。有时候，先爷说瞎子，你看这穗儿咋就还和指头一样粗呢？盲狗去看那穗儿，先爷又说你是瞎子你哪能看得见呵，这穗儿早比我的拇指粗了。

有一天，先爷挑水回来，给玉蜀黍浇过水后，又空锄了一片田地，忽然发现穗儿吐了缨子，粉奶的白色，从穗头儿上茸茸出来，像孩娃们的胎毛，他就站在穗前待了片刻，哑然一笑说，秋快熟了，瞎子，你看见没有？秋快熟了。

不见瞎子回应，扭头找去，看见它在沟边吃昨天剥下的鼠皮，嚼下了一世界热臭和一地飞舞的鼠毛。先爷说不脏呀？瞎子。盲狗不语，朝鼠坑那儿走去。跟着它到鼠坑边上，先爷心里咚地跳出一个惊吓，原来那鼠坑里，只有一只小鼠。这是半个月来，老鼠落进坑里最少的一次。前天五只，昨儿四只，今儿只有一只。当日又在其他梁上挖了几个鼠坑，每个坑里都放了几粒玉蜀黍糁儿，来日一早去那坑里捉鼠，有一半鼠坑都是空的，其余坑里，也仅一只两只。

再也没有过一个坑里跳下几只甚或十几只的那种境况。那半月鼠丰水足的日子过去了。在捉不到鼠吃的日子里，先爷独自到山梁上去，用秤称了日渐增多的日光的重量后，独自立在梁顶，对着锐恶的日光，有了一丝惶恐的感觉。这感觉一经萌生，霎时就成了林木，苍茫得漫山遍野。他捉回一只老鼠，回来剥了煮了，用布包着，轻轻拍了几下狗头，让它守着田地，自己便上路去了。先爷见路就走，遇弯就拐，就那么惘惘地走了一晌，转了五个村落，最后到最高的一道梁上立下，和太阳对视一阵，拿手托着称了太阳的分量，叹了一口气后，坐到一段崖下的阴凉歇了。那段土崖陡峭似壁，擎不住日晒的土粒，不时地从崖上雨滴样洒下，眼前的田地，干裂的缝隙网在坡面上，往远处瞅去，蜿蜒的山梁如焰光大小不一的无边的火地，灼亮炙人，稍看一会儿，就会觉得眼角热疼。他在焦热暗黄的崖阴下坐了片刻，从口袋取出布包，打开来，发现原来鲜嫩的一团鼠肉，煮熟时还又红又亮，如半截红的萝卜，可只过了半天，却变成了污黑的颜色，仿佛一把污泥一样。先爷把鼠肉放在鼻下闻了，香味荡然无存，剩下的灰色的臊味中还夹了淡淡的霉白色的臭气。他走了大半天的山路，委实饿得没了一星儿耐性。撕下一条鼠脚正欲吃时，又发现那鼠肉中有几粒白亮亮的东西，米粒一样动来动去。他身上叮当一个哆嗦，想把那鼠肉扔掉，可伸了一下手，就又把手缩回了。

先爷闭上眼，张大嘴，一口把那只鼠的头、身塞进了嘴里，咬下三分有二，用力嚼了几下，猛地咽进肚里，又一口就把老鼠吃完了。

睁开眼睛，先爷看见他面前的焦地上掉了两只亮蛆，片刻之后就干在了土地上。

先爷披着暮黑回到了他的田地。这一夜他坐在玉蜀黍的身边通宵未眠，任盲狗怎样与他亲昵，也岁岁月月地默下不语。他望着天空，望着穗缨儿转红的玉蜀黍，至天亮时分，忽然坐了起来，独自踏着早晨蒙亮的清色，往村落走去。

山脉上的世界，显得无边空旷、沉寂起来。盲狗朝山梁那儿追着先爷走了几步，又回来死守在了那棵玉蜀黍下。

它在等着先爷回来。

先爷午时走了回来。他从村里滚回来一个大的酱色水缸。先爷把缸竖在那棵玉蜀黍旁，到梁地捉回一只大的老鼠，用手掐着鼠脖，到棚下把那老鼠用菜刀杀了，鼠血滴在碗里。然后把鼠皮喂了瞎子，

204

自己炖了鼠血，煮了鼠肉，将鼠血一吃，包上鼠肉，挑上水桶上路走了。

先爷要把水缸挑满。

算计了一下，满天满地的三十几个鼠坑，统共还有九只老鼠可吃，他和瞎子伙着一天只吃一只充饥。九天后也就最终粮尽了。所有的田地里没有了几个月前村人们点下的种子；所有的村落里没有了半粒粮食和半棵菜草。正是秋将熟的季节，日光的重量一天一钱地上涨，玉蜀黍这时候最需要养分水分。先爷必须在九天内把水缸挑满，那时候他和瞎子就是坐着饿死，玉蜀黍也可以有水有肥地长成一棒穗儿。先爷独自从尘土厚实的梁路上走过，利锐的光芒一束又一束地打在他的身上，他又闻到了胡子的焦煳气息。他把那只鼠放在桶里，用草帽盖在桶上。汗从额门上流了下来，他用指头一刮，把舌头伸出来在指头上舔舔。觉得有汗流在了膝盖，他就蹲下来把膝上的汗水重又吸进肚里。他尽力不让身上的水白白流落在日光里。好在他每天都是天不亮时挑着水桶北行，到日将平顶，距泉水沟还有五里六里才会大汗淋漓，他只在这五里六里吸喝自己的汗水。至日悬高顶时候，他就到了泉池。喝一肚子水，吃下鼠肉，挑一担水爬上山坡，渴了时他就趴在水桶上猛喝。这当儿的太阳，没有一两的重量，也有八钱九钱。他不时地听到汗水汩汩的流动声。这时候他不恨日光，也不抱怨天旱，只在两腿哆嗦的当儿，不断地问自己说，我就老了吗？村里有过七十岁的老汉还能和女人生孩娃的事，我怎么就挑不动一担水了呢？可到底还是双腿哆嗦得不行，只好放下水桶喘歇一阵，趴在桶上喝得肚圆。划算一番，先爷每挑一担水，四十里路要歇二十余次，再或三十几次。每次歇下都要喝水。喝了流汗，流了喝水。每次无论歇多少歇，喝多少水，两桶水回去后就只剩一桶。

大缸里的水已有三分有一的深，可田地里的老鼠五天间被先爷吃了五只。剩下的四只是先爷今后四天的口粮了。玉蜀黍在日光下长得旺绿如墨，缨子在转红以后，似乎停息下来，穗儿虽有了细萝卜样粗长，可那缨子却再也不肯转黑。顶儿也不肯有一丝黄干。顶不黄，缨不黑，玉蜀黍离成熟就还有遥远的路程。黄昏时分，山野里热血浆浆一片，先爷煮在那血浆里，用手摸了茂绿的穗儿，柔软的感觉使他心里有了寒意，什么时候才能秋熟？按眼下的长势，怕是最少还得二十天或者一月。他算了日期，从村人离开村落，至今已有四个月。玉蜀黍一般熟期为四个半月，这棵玉蜀黍熟期的无端延长，使先爷感到额外生出许多雨蒙蒙的忧伤。领着盲狗往每个鼠坑走了一遍，没有见多出一只老鼠。先爷迎着梁上的风口，仰躺在路边，地下红褐火烫的燥热，透过他的后背，在他的体内踢踢踏踏流动。狗就卧在先爷身边，瘦得卧下就再也没有力气站起的模样。有一只老鼠细弱的饿叫，从坑里有气无力地传来，引诱着狗和先爷山崩海啸的食欲。

盲狗扭头面对着鼠叫的方向一动不动。

先爷盯着天空依然沉默得岁岁年年。

后来，先爷翻了一个身，在山脉上弄出了一个惊心的响动，盲狗以为先爷终于要开口说话，忙不迭转过头来，先爷却站起身子走了。先爷回去二话没说，又捏了捏玉蜀黍穗儿的软硬，嘴里浑浊地嘟囔了一句啥儿，居然借着月色挑着水桶朝北行了。

先爷连夜又挑回一担水来。这担水他没有喝一口，满满当当两

206

桶，往缸里倒了桶半，剩半桶往玉蜀黍棵下浇了几碗，另几碗倒进一个盆里，让盲狗渴时有喝，接着煮了一只老鼠，便再次挑上水桶去了。

三日之内，先爷夜晚挑回一担，白日挑回半担，水缸满了。

先爷决定趁着身上还有余力，坑里还有一只老鼠，最后去泉沟挑一担水。这担水可供他和瞎子充饥耐渴许多日子。他不指望有雨水落下，可他指望能熬持到秋熟的日子，能把那穗玉蜀黍棒儿掰下。一棵苗儿，至秋熟掰下时就是金黄一棒。棒穗上一行如有三十五粒，一圈行儿最少有二十三行，那就是一棒，有几百近千粒。四个半月过去了，无论如何，秋熟期是一天天踏来，先爷在正午时候，已经能闻到那穗儿里黏黏黄黄的热香。至夜半时分，那香味就纯净得如麻油一样，一阵一阵飘散出来，蚕丝一样落在田里。

先爷月正中天时去挑最后一担水，回来是第二天午后，一路上统共歇了四十一次，路上渴饮了半担。挑着最后半担到田地的梁头，一直坐下歇至暮黑。他以为他再也没有力气把这半担水担到棚下缸边了，就决定去煮吃了那最后一只老鼠。那是九只中最大的一只，一拃长短，鼠眼呈出红色。可他到了那最远的一个鼠坑，却发现罐似的坑里除了有老鼠蹬落的碎土，老鼠不知哪里去了。先爷怔着，蹲在坑边，又看见了坑里还有盲狗的脚痕，有凌乱的鼠毛和枣皮似的血渍。

先爷在那坑边蹲至天黑。

月亮出来时候，先爷笑了一下，像一块薄冰慢慢裂开那样，他终于要开始说话了。站将起来，望着月亮中移动的烟影，说吃了也好，吃了我就可以对你说以后的日子不是你把我当饭，陪着玉蜀黍活着，就是我把你当饭，陪着那棵玉蜀黍活着了。先爷想，我终于可以把这话对你说了瞎子，多少天我就找不到这样说的机会。先爷开始往棚架下走去，双腿虽然酸软，步子却还依旧能一步接一步地迈，且到梁头，他还把那半担水挑了回去。

盲狗就卧在棚下，听见先爷的脚步声，它站了起来，似想朝先爷走去，却默默地往后退了几步，卧在了玉蜀黍的苇席口上。月色溶溶，还染有许多炽白的热气。先爷把桶放在缸边，揭开席子看看缸里的满水，脱掉鞋子倒了鞋中的土粒，瞅一阵挂在棚柱上的鞭子，然后咳了一下，轻轻慢慢说，瞎子，你过来。

这是几天间盲狗第一次听先爷叫它。月光中，它微微缩了一下身子，费力地站了起来，怯怯地朝前挪了一步，又对着先爷坐的方向站了下来，背上稀疏的毛里响出了细微的哆嗦。先爷把目光转到远处，说瞎子，你不用害怕，吃了也就吃了，那是你我的最后一嘴口粮，你就是把我那份吃了我也不怪。然后，先爷把头扭了过来，说有一句话我该给你说了瞎子，这山脉上方圆百里，再没有一粒粮食，没有一只老鼠了，三天以后，你我都饿得连说话的力气也没了，那时候你要想活着，你就把我当饭一顿一顿吃掉，守着这棵玉蜀黍，等村人们回来，把他们引来将这棒穗儿掰了。你要感念我养活你这四五个月，想让我活在世上，就让我把你当饭吃了，熬活到秋熟时候。先爷说，瞎子，这事情由你定了，你想活着你今夜就离开这儿，随便躲到哪儿，三日五日后回来，我也就饿死在了这儿。说完这句话后，先爷用手在他脸上抹了一下，自上而下，有两行泪水湿了他的手心。

盲狗一动不动地站着，待先爷把话说完，它缓缓朝先爷走了几步，直到先爷的膝下，慢慢将前腿弯曲下来，后腿依然直着，而它那瘦削的长头，却又高高地抬了起来，用双井似的眼洞，望着先爷不语。

先爷知道，它是朝他跪了。

跪了之后，它又起身，慢缓缓走到灶边，用嘴拱开锅盖，从锅里捞出了一样东西，朝先爷走来。

它把那东西放在了先爷脚下。是一只煺了皮的老鼠，水淋淋的在月光中呈出青紫，一眼便知老鼠身上的瘀血都还在肉里，不像先爷杀时开肠破肚，血都一滴一滴流将出来。先爷拿起那团紫肉看了，盲狗的牙痕在肉上蜂窝一样密集。舒了一口长气，先爷说你没有把这老鼠吃掉？说吃了也就吃了，用不着再给我留。先爷忽然后悔把你死我活的话说得早了，他把鼠肉对着月光照照，说满肚子都是青紫，怕如何也没有刀杀的好吃哩。

盲狗卧在先爷腿边，把头枕在先爷的脚上。

鼠肉先爷来日煮了，给了盲狗一半，说吃吧，能活到哪天说哪天。盲狗不吃，他掰开它的嘴颔，往里塞了一个鼠头、三条鼠腿骨头。剩余的熟肉，先爷拿在手里，站在玉蜀黍穗前细嚼。他知道这两口紫肉吃完就彻底粮尽了，余下的事就是倒在地上直饿到力尽死去。死了也就死了，七十二岁，是山脉上的高寿。天下大旱，炊粮净尽，不仅又活了这半年，还养了这么一棵玉蜀黍，高出他有三头，叶子又宽又长，穗儿已经和萝卜一样。先爷盯着穗上的缨子，只几口就把鼠肉吃了，然后把指头放在嘴里嘬得有声有响。就这个时候，有一样东西雪花一样飘打在了先爷脸上。抬起头来，先爷的指头便水在了嘴里。他看见玉蜀黍顶原来的黄白忽然在一夜之间转成了红黑，顶上谷壳似的小片毛儿开始飞落。就是说，玉蜀黍它要授粉了，要开始结子了，秋熟天就这么来到了。先爷抬头望了一眼天空，刺白的光芒一根根在空中相互撞击得砰砰叭叭。要有风就好了，先爷想这季节是该刮些风的。有风玉蜀黍的授粉就敏快、均匀，子儿就长得壮实、齐整。把手从嘴里抽出来，在裤衩儿上潦潦草草擦了，先爷开始小心地用手去捏玉蜀黍穗儿。隔着厚厚的穗包皮，先爷摸到了熟萝卜似的软穗上，有一层不平整的半弹硌手的东西。一瞬间，先爷的心怦地一下停住不跳了，像门突然关了一样。他的手僵在穗儿上，脸硬在半空中，嘴紧紧地闭起来。片刻之后，当他认定是穗儿结的子儿在软弹着硌手时，如门又突然开了一样，涌在心里的隆隆狂跳，锤样砸在他胸上。他的脸上开始有了兴奋之色，干皱黝黑的皮下，仿佛有一条湍急的河流。在穗包儿上的双手，冷丁儿癣症般奇痒起来。他把手拿回来在嘴前吹了一口气儿，走出苇席，取下挂在干槐树上的锄，就在玉蜀黍周围嘭嚓、嘭嚓锄起来。溅落的土粒像小麦、谷子样细碎、匀称，包含着热烫的秋熟期的金色郁香。从玉蜀黍棵前一锄挤一锄地锄到苇席下面，先爷累得喘气如碎麻绳一样短乱。他把苇席拆了，扔在槐树下面，盲狗不知所措地跟在他的身后。先爷不言不语，锄到苇席的桩外，又回头锄到大水缸的外围，直到不小心锄头碰在了缸上，水缸发出了一声清脆、湿润的尖叫才猛地立下，痴愣愣站了片刻，脸上灿烂出一层热笑，说瞎子，秋熟期到了，玉蜀黍结了子儿。

盲狗用舌头舔了舔嘴唇。

先爷躺倒在地上对天说，我熬到时候了，秋要熟啦。

盲狗又用舌头舔着先爷的手指。

先爷在盲狗痒痒的舌舔下睡了一觉。

醒来后又去细看那玉蜀黍穗儿，先爷脸上的兴奋就没了。他发现玉蜀黍叶上的墨绿不如先前浓重，透了一层薄薄的黄色。这黄色不仅下面的叶有，就是棵顶刚生不久的叶子也有。先爷种了一辈子庄稼，他知道这是玉蜀黍缺少肥料了。这是玉蜀黍结子儿的当儿，肥足才能子儿满。最好是人的粪尿。往年这季节他都在每棵玉蜀黍旁倒上满满一瓢人粪。他的庄稼，小麦、豆子、高粱，从来都是村里最好的。他是耙耧山脉无人可比的庄稼把式。站在玉蜀黍棵前，他的嘴唇已经干裂成这山梁上的旱地，可他没有过去喝水，也没有给狗舀半碗水喝。他不知道该去哪儿弄些人粪，村里的茅厕全都干得生烟，留下的粪便也晒得如柴火一样没有肥力。他和盲狗，已经许多天没有便粪的意思，肠胃吸去了他们吃下的全部鼠肉和骨渣。先爷想起了吃过的鼠皮，到沟下找了一遍，却连一张也没有。他猜想那些鼠皮在他去泉池担水时，都被瞎子吃尽了。从坡下气喘吁吁地爬上来，想问盲狗，可他只在它面前默着站了片刻，就去锅里喝了一碗漂有油花的煮肉水，没有盖锅盖，回身对狗说，渴了饿了去喝，然后就拿着粮袋回村找肥去了。

先爷空着袋儿从村落回来时拄了一根竹棍，每走三步都要停下歇一阵。他彻底没有力气了，把空袋丢在地上，到棚下看盲狗还依旧卧在那儿，锅里的一碗煮水也依着旧样儿，十一点油花仍是十一点。你没喝？他问盲狗说。盲狗微弱地动弹一下，他就过去用勺子舀着又喝了小半碗，十一点油花喝了五点儿，对狗说剩下的全是你的了。然后又回到了玉蜀黍前。这当儿再看玉蜀黍叶，那层浅黄似乎浓起来，绿色仿佛隐在了黄色下。先爷想，你为什么没有早些备下肥料呢？你不是村里的先爷吗？我操你祖先，咋就想不起玉蜀黍结子儿时候最需要肥料呢！

先爷这一夜就睡在了玉蜀黍棵儿下，第二天醒来发现有几片玉蜀黍叶上的绿色似乎褪尽了，黄色像纸样布在叶子上。

第二夜先爷仍睡在玉蜀黍棵儿下，第三天醒来，不仅发现又有两片叶子自上而下虚黄起来，还看见穗儿上的红缨也过早地有两丝干枯了。捏捏玉蜀黍穗，软弱如泥，和他身上的骨头一样，硌手的那种隐隐的感觉烟消云散了。

第三夜在玉蜀黍棵下先爷没有睡，他用铁锨挖了一条长槽坑，五尺宽、三尺深、五尺长，刚能躺下一个人，或松松活活躺下一条狗。

是墓坑。

墓坑紧临着玉蜀黍棵，有几须玉蜀黍根就裸在坑壁上。待坑挖成，先爷躺在地上歇了歇，到灶前看看锅里仍还盛着的半碗煮肉汤，六点儿油星依旧贴着锅边停泊着。他想喝，用勺子舀起重又放下了。他说过这半碗油水汤儿是盲狗的，他说三天过去了，你咋就不喝哩？瞎子。

盲狗卧在棚架下。这三天它一动不动地卧在棚架下，清凉的夜色浇在它身上。抬头朝先爷说话的方向注了一盲眼，它没有接话就又把头耷在了前腿上。天已经有了蒙蒙的亮，山梁上的夜色正和白天的亮光转换着，这时候先爷趴在缸上喝了几口水，取出一把剪刀，在缸壁底锥子一样钻起来。

先爷在缸底钻出了一个洞，有水渗出时，又用一把土将那小洞糊上了。做完这一切，似乎再也没有事情可做了，把锄挂在树上，把锹放在墓坑边，把水缸口用席盖严实，把棚架上的被子叠起来，把碗、筷、勺都收拾到棚柱下，最后在玉蜀黍棵前看了看蔓延在叶上的虚黄色，捏了如一兜水儿似的穗儿，转回头，太阳就呼地一下从东山梁的两个岭间涌将出来了，红渍渍一片投在山脉上，宛若山山野野都汪洋下了血。先爷立在玉蜀黍和棚架的中间，望着眼前的山梁们，似乎看到成千上万的红背牛群在朝四面八方走动着。他知道他没有力气了，眼花缭乱了。揉揉眼，把目光往天空瞅了瞅，看见镶了金边的鳞片云，在太阳前跳跳跃跃，如游在一汪红湖中的无数的鱼。今天的日光少说有一两四钱重，先爷这样想着，扭头看了一眼挂在棚架上的秤，然后朝盲狗面前挪了挪，把它抱起来，放到那个墓坑里，让它把坑的四壁蹭一遍，又从坑里抱出来，说瞎子，不是你死就是我死了，谁活着就把死了的埋到这坑里。说到这儿，先爷把手放在狗背上梳理了它的毛，去它的眼角擦了一把泪，从口袋摸出一个铜钱儿，把有字的一面朝着上，拿起狗的右前爪子在那字上摸了摸，说生死由命吧，我把这铜钱往天上一扔，落下来有字的涩面朝上，你就把我埋在这坑里做肥料，有字的涩面朝下，我就把你埋在这坑里做肥料。

狗的两井枯眼盯着先爷手中的铜钱没有动，混浊的泪水半黑半红地汪汪流出来，滴在先爷新挖的墓土上。

不用哭，先爷说我死了叫我变成畜生我就脱生成你，你死了叫你变成人你就脱生成我孩娃，我们照旧能相互依着过日子。

狗的眼泪果然不流了，它想试着站起来，努了一下力，前腿一软又卧在了墓土上。

先爷说，你去把锅里的半碗油星汤儿喝了去。

盲狗朝先爷摆了一下头。

先爷说，现在就扔这铜钱吧，趁谁都还有些气力把谁埋进坑里边。

盲狗把盲眼对着先爷锄过的一片平地上。

最后在狗背上梳了三把，先爷从土堆上站起来。太阳正快步地朝这条梁上走。仔细地辨听，能听见这空旷的焰地有旺火腾起的巨大声响，像布匹在梁地那边一起一落扇风。他骂了一句我日你祖宗，最后瞟了一下铜钱，扭头对狗说扔了呵，便把那枚铜钱抛上了半空。太阳光密集如林。铜钱碰着那一杆杆日光，发出金属相撞的红亮声响，落下时，旋旋转转翻着个儿，把那光束截断得七零八落。先爷盯着从半空降下的铜钱，像盯着突然看见的硕大的一枚雨滴，眼珠僵呆呆的有些血痛。盲狗从那土堆上站了起来。它听到了铜钱下落时红黄的风声，仿佛一枚熟杏儿掉在了草地上。

先爷朝那枚铜钱走过去。

盲狗跟在先爷的身后。

先爷到一锄土块前，腰没彻底弯下，就又直了起来，深长深长地叹了一口气，车转身平平静静说，瞎子，去把那半碗油汤喝了，喝了你有气力扒土埋我了。

盲狗站着不动。

先爷说，去吧，听话，喝了你就该埋我了。

它依然不动，前腿一曲，却又向先爷跪下来。先爷说，不用跪瞎子，这都是天意，合该我做玉蜀黍的肥料。然后他捡起那枚铜钱，过来亲摸着狗头，说你觉得过意不去，我再抛两次铜钱，这三抛有两次背面朝天我死，两次光面朝天你死。

盲狗从地上站了起来。

先爷又抛了一次铜钱。铜钱就落在盲狗面前，先爷看了一眼，说声用不着再扔了，就软软地坐在了地上。盲狗循着那落钱的声音，用前爪摸了钱面，又用舌头舔了那钱面，卧下来泪水长流。霎时，它的头下就有了两团泥土。

喝了那半碗油汤去吧，先爷说，喝了你就扒土埋我吧。说完这话，先爷起身去棚架的下面，抽出了一根细竹竿儿，二尺余长，中间的竹隔被戳通了，用嘴一吹，十分流畅。他把那竹竿塞进缸下的小洞，用胶皮垫了小洞周围，使洞边渗不出一丁点水来，然后把细竹竿的头儿一压，正好有一粒细水，滴滴答答，玉粒样晶晶莹莹，一滴接一滴地落在玉蜀黍棵的最根部。立马，那儿的土地就响起了半青半红的吸水声，就湿下了一大片。

先爷用碎土围着玉蜀黍棵儿堆了一道小土圈，预防水滴多了流到远处去。做完这些精细的活儿后，他拍拍手上的土，扭头看看正顶的太阳，取下秤称了日光，是一两五钱重。然后把鞭子取下来，站到空地处，对着太阳连抽了十余马鞭子，使日光如梨花一样零零碎碎在他眼前落下一大片，最后力气用尽了，挂好马鞭，对着太阳嘶着嗓子道——你先爷我照样能把这棵玉蜀黍种熟结子儿你能咋样儿我先爷？

日光中响起了沙黄嘶哑的回声，仿佛一面破了的铜锣，从这面坡地到了那面坡地去，愈走愈远，直至消失。先爷等那声音彻底净尽时，扯过一条苇席，朝那槽墓坑中走过去，对卧在墓坑边的盲狗说，埋了我你沿着我给你说的路道朝北走，到那条泉水沟，那里有水，还有满地黄狼吃剩的骨头，在那里你能活到荒旱后，能等到耙

215

耙耧山人从外面世界逃回来。说可我是活不下来了，今儿死也是死，明儿后儿也是死。太阳正照在先爷的头顶上，头发间的土粒一摇一晃碰得叮当响。说完这番话，他拿手去头上拂了土，便紧贴着有玉蜀黍根须的一面墓壁躺下了，把苇席从头至脚盖在身子上，说扒土吧，瞎子，埋了我你就朝北走。

山脉上静无声息，酷烈的日光中隐隐藏着火焰要突然腾起的活力。茫茫空旷中，岭梁的焦煳味雾样卷动着。山脉、沟壑、村落、路道、干涸的河床，到处都旷日持久地弥漫着金银汤似的黏稠的光亮。

以为秋天无雨，冬天一定有雪，可冬天却迟迟未来。终于来了之后，又是一个干寒的酷冬。大旱一直无休止地持续到下年的麦天。这时节，终于有了云雨，时弥时散，反复半月之久，才算落下雨来。沉昏的天气，如日光样罩了耙耧山脉四十五天。雨水铺天盖地，下得满世界洪水滔滔。苦熬至雨过天晴以后，又到了种秋的季节。山梁上开始有人从世界外边走回来，挑着铺盖、碗筷，手里扯着长了一岁的孩娃。夜晚，踏着月光，那脚步声半青半白，时断时续。到了白天，山梁上便人流滚滚，拉车声，挑担声，说话声，望着山脉上偶有的青草、绿树的红惊白乍的哎哟声，像河流一样在梁道上滚动着。

紧随而来的是种秋。这季节逃难回来的村人们，噼啪一个冷噤，猛地发现各家各户都没有秋种子。整个耙耧山脉方圆几百里都没有秋种子。

忽然间有人想起了先爷。想起一年前先爷为了一棵嫩绿的玉蜀黍苗留在了山脉上。于是，村人都朝八里半外先爷家的田地走过去，

216

就都老远看见那一亩几分地里，有孤零零一架棚子。到那棚架下，就又都看见凡先爷锄过的田里，草盛得和种的一样，厚极的一层绿色里，散发着纯蓝的青稞味和淡黄浅白的腥鲜味。听到了满山秃荒中这草味叮咚流动的声响，如静夜中传来的河水声。在这绿草中，村人们最先看到的是一株去年都已熟枯的玉蜀黍棵，它的顶已经折了，如小树一样的秆子，半歪半斜在两领苇席旁，那布满霉点的玉蜀黍叶子，有的落在草地上，有的仍在长着，如湿过又干的纸样贴在秆上。有一个和洗衣棒槌一样大小的玉蜀黍穗儿，倒挂在玉蜀黍秆上，沉稳地在随风摆动。焦干的黑色的穗缨，被手一碰，就花谢样断落在了草间。村人们把这穗玉蜀黍掰了，迅速剥下穗儿上的干皮，发现这棒硕大的玉蜀黍穗儿，粗如小腿，长如胳膊，共长了三十七行玉蜀黍。而这三十七行中，只有七粒指甲壳般大小、玉粒一般透亮的玉蜀黍子，其余都是半灰半黄、没有长成就干瘪如瘦豆子样的玉蜀黍子。

这七粒玉蜀黍子，星星点点地布在一片灰色的干瘪里，像黑色的夜空中，仅有的七颗蓝莹莹的星。村人们望着这棒只有七粒玉蜀黍的穗，默默地站在棚架下，目光四处搜寻，便看见那大缸上的苇席被风吹到了沟边的锅灶旁。水缸里没有一滴水，有很厚一层土。水缸下插的一根细竹，已经裂下许多缝。在水缸的东边上，扔有几个碗和勺。碗勺的上边，是挂在棚架柱上的一根鞭子和一杆秤。在水缸的西南五尺远，紧贴玉蜀黍棵的草地上，有一堆草地，凸凸凹凹高出地面来，又有一片草陷下地面去，正显出尺半宽、五尺长、一尺深的一条槽坑样。在那槽坑最头的深草中，卧了一只狗，枯瘦嶙嶙的皮毛上，有许多被虫蛀的洞；头上的两眼井窝，乌黑而又幽深。它的整个身子，都被太阳晒干了，村人们只轻轻一脚，就把它踢到了槽坑外，像踢飞一捆干草。狗被踢了出去，槽坑当啷一下显出了它棺材样的墓坑形，村人心里哗啦一响，便都明白了这是先爷的墓，先爷就埋在这条槽坑里。为了把先爷移到老坟去，村人们把这条墓坑挖开了，第一锨下去就听到青白色的咯咯嘣嘣声，仿佛挖到了盘根错节一样儿。小心翼翼地拔了坑里的草，把虚土翻出来，每个村人眼前嘭地一下，看见先爷的裤衩儿已经无影无迹，成了一层薄土。他整个身子，腐烂得零零碎碎，各个骨节已经脱开。有一股刺鼻的白色气息，烟雾样腾空升起。先爷躺在墓里，有一只胳膊伸在那棵玉蜀黍的正下，其余身子，都挤靠在玉蜀黍这边，浑身的蛀洞，星罗棋布，密密麻麻，比那盲狗身上的蛀洞多出几成。那棵玉蜀黍棵的每一根根须，都如藤条一样，丝丝连连，呈出粉红的颜色，全都从蛀洞中长扎在先爷的胸膛上、大腿上、手腕上和肚子上。有几根粗如筷子的红根，穿过先爷身上的腐肉，扎在了先爷白花花的头骨、肋骨、腿骨和手骨上。有几根红白的毛根，从先爷的眼中扎进去，从先爷的后脑壳中长出来，深深地抓着墓底的硬土层。先爷身上的每一节骨头、每一块腐肉，都被网一样的玉蜀黍根须网串在一起，通连到那棵玉蜀黍秆上去。这也才看见，那棵断顶的玉蜀黍秆下，还有两节秆儿，在过了一冬一夏之后，仍微微泛着水润润的青色，还活在来年的这个季节里。

　　想了想，就又把先爷原地葬下了。把干草似的狗并着先爷埋在了那条墓槽里。新土的气息，在这面坡地漫下了浅浅一层温暖的腐白。埋至最后，要走时有人在棚架床的枕下，发现了一本被雨淋过的万年历。有人在草地上捡到一枚铜钱，铜钱上生满了古味的绿锈。

把那绿锈粗粗糙糙抹去，发现铜钱的这边，是有字的涩面，铜钱的那边，也是有字的涩面。没人见过两边都有字样的铜钱，村人们传看了一遍，就又把它扔了。日光明亮，铜钱在半空碰断了一杆又一杆的光芒，发出了当当哦哦一朵朵红色花瓣的声音，落在田地，又滚到沟里去了。

人们把那本万年历拿了回去。

日子就这么一日日走来，到了再不能拖延种秋的时季。耙耧山脉的村人，吃完了带回的讨食，终是寻不到秋天的玉蜀黍种子，三村五邻的人们，又开始结队潮水般朝世界外面涌去逃荒。也仅仅不足半月光阴，数百里的耙耧山脉，便又茫茫地空荡下来，安静得能听到日光相撞、月光落地的清脆响音了。

最终留下的，是这个村落中七户人家的七个男人，他们年轻、强壮、有气力，在七道山梁上搭下了七个棚架子，在七块互不相邻的褐色土地上，顶着无休无止酷锐的日光，种出了七棵嫩绿如油的玉蜀黍苗。

选自《收获》1997 年第 1 期

作家的话 ◇

　　人不过是生命的一段延续过程，尊卑贵贱，在生命面前，其实都是无所谓的。

推荐者的话 ◇

　　一个没有交代具体地域的村落突然遭受千年不遇的旱灾，颗粒无收，村民集体逃荒，只有先爷一人留下，为了种活一棵玉米而与自然灾害展开惊心动魄的搏斗。小说结局是：先爷把自己埋在地下，让玉米的根须扎入自己的血肉和骨头，终于种出了一棵硕大无比的玉米。作品描述的场景既充满了生动的细节，同时又是极度抽象的，主人公先爷的匪夷所思的抗争和几近酷烈的生存环境，没有地方、没有年代，更不知道它在何种社会制度下发生。这似乎是一个纯粹自然的绝境，突兀地出现在主人公和读者面前，伴随先爷的只有一条盲眼的狗。由此塑造了一个抽象的人性、精神和生命力，这样的绝境和抗争，也就成为一种宿命，而作品中以现实手法刻画的种种场景、形象和细节，也就染上了一层象征色彩。先爷与玉米的形象，自然令人联想到海明威的《老人与海》。

宋炳辉